U0047198

LOCUS

LOCUS

LOCUS

LOCUS

to

fiction

to 29
底層的珍珠
Perlička na dně
作者：赫拉巴爾（Bohumil Hrabal）
譯者：萬世榮
本書翻譯由中國青年出版社授權
責任編輯：林毓瑜　美術編輯：何萍萍
法律顧問：董安丹律師、顧慕堯律師
出版者：大塊文化出版股份有限公司
台北市 105022 南京東路四段 25 號 11 樓
www.locuspublishing.com

讀者服務專線：0800-006689
TEL：(02)87123898 FAX：(02)87123897
郵撥帳號：18955675 戶名：大塊文化出版股份有限公司
版權所有　翻印必究

Perlička na dně by Bohumil Hrabal
Copyright © 1963 Bohumil Hrabal Estate, Zürich, Switzerland
Chinese translation copyright © 2004 by Locus Publishing Company
This translation published by arrangement with Niedieck Linder AG, Zürich
All rights reserved

總經銷：大和書報圖書股份有限公司　地址：新北市新莊區五工五路 2 號
TEL：(02) 89902588　FAX：(02) 22901658
初版一刷：2004 年 10 月　初版四刷：2020 年 8 月
定價：新台幣 250 元
ISBN：986-7600-74-6
Printed in Taiwan

國家圖書館出版品預行編目資料

底層的珍珠 / 赫拉巴爾 (Bohumil Hrabal)著；
萬世榮譯. -- 初版. -- 臺北市：大塊文化,
2004[民93]　面；　公分. -- (To ; 29)
譯自：Perlička na dně
ISBN 986-7600-74-6(平裝)

882.457　　93016815

Perlička na dně

底層的珍珠

赫拉巴爾（Bohumil Hrabal） 著
萬世榮 譯

目次

作者前言

許多年以前，當我看清了我內心所嚮往的方向時，我就朝著那充滿友誼的世界走去，加固鐵軌下面的道碴、當車站值班員、推銷人壽保險、做商務代表、當鋼鐵廠工人、包捆廢紙、當舞臺佈景工。做這些事，我只是爲了和周圍的環境和人們和在一起，偶爾體驗一下震撼人心的事件，觀察人們心靈深處的顆顆珍珠。從那個時候起，我就愛著那些人，同他們息息相通，與他們逗樂開心。從那個時候起，我就明白，我所愛的人們，寧可做粗獷豪放的漢子和逗笑的小丑，而不情願以一種靦腆而端莊的姿態去表達他們的感情。可我就是心甘情願同這樣的人一道勞動和生活！他們當中有些人，爲了瞬息的意念或對事件的看法，會突然撕開襯衣，把他們的心胸袒露在我面前。在他們的心上，我看到了用鑽石鐫刻的哲學家們所思考的東西。所以，我喜歡人多的地方。在那裏，人們用母語交談，創造新的詞彙，使行話俚語更精確，還編造新的神話故事。在那裏，人們相互聊天發問：你是誰，想做一個什麼樣的人。熟悉他們的人就知道，那不是隨意閒聊，而是從嘴裏流淌出來的、讓大家相互理解和保持平衡的思想。有的人在他們之中只生活過刹那，可有的人終生圍繞著他們轉，也還難以深入到他們的心靈深處。我卻最喜歡這種人，他們也最需要我，可我們哪知道，有朝一日，這種小丑式的粗野漢子會不會處在充滿魅力的質的巨變之中呢？

晚間培訓

在瓦倫丁街和維勒斯拉文街交會處，我已經在一個寂靜的角落裏站了一會兒。隨後，一輛摩托車從馬里揚斯克廣場拐彎朝我開過來。那是雅發牌二五〇型摩托車，有兩個車座。師傅輕鬆自如地坐在後面，用僵硬的手指掏出香菸，在點燃它之前用責備的神情瞪了他的徒弟一眼。徒弟坐在司機位上，使勁用腳踏著空檔。

「您還沒到位，還沒有，現在也沒有！」師傅嘟囔著，叼在嘴裏的香菸在晃動。「喏，今天您可表現得不怎麼樣。在這些十字路口上是很危險的！熄燈！馬上跟我說說十字路口的交通規則！」

「是，沃什吉克先生！」年輕人說著，摸摸他那犯人一樣的頭髮。「我是從一月份開始的培訓，今天都九月份了。我腦袋瓜死得很，我心裏明白，可就是不會講。」

「可您還得考試啊，您得好好趕一趕。他媽的！我說什麼也得教會你呀！下午一下班你就來！帶上行車規章，把它學會，行不行？」

「行，行，可是我一到這兒，就想睡覺。」

「那就睡吧，先睡個夠。可您總會醒吧？等您醒了，帶著規章。讀一讀！媽的，這總共才不過幾頁紙嘛！平時你醒來之後幹些什麼？」

「看書……現在我有一本書，精彩極了！名叫《喪盡人性的克瓦茨大夫和美麗的札諾娜》，您讀起來會開心的。要是想看，我給您帶來……」

「算了吧，不用了。我情緒很好。您去讀那漂亮的札諾娜吧！可晚上您……有空吧？」

「嗯……晚上恰恰不成，我有女朋友。沃什吉克先生，就像您有輛小卡車一樣，我們有輛踩舊了的摩托車，倒不怎麼難騎，有閥門，凸輪不賴，車輪也行。我們一起騎到薩瓦河邊的時候，小夥子們見了都有點眼紅哩！」

「您還沒通過考試就已經開車到處跑起來了！眞該感謝上帝。」

「沃什吉克先生，那我該怎麼辦？從一月份開始，我就上駕校培訓，可新摩托車放在車棚裏，直到七月份，我都忍著沒開過，只有在星期天家裏一個人也沒有的時候，我才從房間裏取出一面大鏡子，把它搬到院子裏。我穿上漂亮的衣服，騎上摩托車，對著鏡子，不停地轉來轉去。我發現我這有多帥！我望著鏡中的自己，實在按捺不住了，便騎著它往外跑。跟您說實話，我馬上給弄得暈頭轉向。前面跑的是些什麼車，我可是稀里糊塗一概不知道。」

「夠了，夠了！您囉嗦得我也聽膩了。就算您還會剎車吧……等您約會完了之後，家裏也安靜下來了，就讀讀那些規章！深夜裏您在家裏還有什麼別的事好做？」

「這個時候我精神才來哩！我總要丁零噹啷弄點兒響聲出來。我聽米尤里克和盧森堡的歌、聽黑人大喊大叫、還聽電子彈撥樂、電子吉他、小號、大提琴和鋼琴，不過都是些流行歌曲。找個晚上，您去我們那兒，聽聽歌星克羅斯拜和克莉約娃的歌唱，聽聽黑人夜鶯基托娃和阿姆斯特朗的唱腔，會一直聽得您心碎的！」

「夠了，我菸也抽完了，夠了。說不定哪天我會和您一道去薩札瓦河，也可能上您那兒聽幾段像樣的爵士樂。可現在我還是您的老師，星期六我們還要上最後兩小時的課。您在轉動車鑰匙之前，一定得給我背一遍十字路口的全部交通規則。不然，我是不會敢坐在您後面的。我相信，您會開得不錯的。……您沒有戴頭盔，是幹什麼工作的？」

「圖書管理員。」

「好，把證件給我。但要照我說的，記住那些規則！現在我說話要算數的……」

「那我就死記硬背吧，沃什吉克先生。爲了您，我一定背熟它，只要不弄得我頭疼，一定給您從頭到尾全背下來。謝謝您，晚安！」

「晚安，淘氣鬼！」師傅小聲說著，隨即瞅了我一眼。「您是赫拉巴爾，對吧？您也有輛摩托車？」

「有，沃什吉克先生。」

「可您的頭髮已經有點灰白了，怎麼這麼晚才想起摩托車來？」

「沃什吉克先生，有什麼辦法呢，我的腿不大聽使喚了，可我又喜歡到處看看，於是就想起了摩托車。騎著它，穿過田間小道，到樹林裏，順著河邊走走，能聞到割了蘆葦的清香味兒。」

「啊，這個想法不錯。可是我還得再抽根菸。我覺得有點兒冷……這麼說來，您當眞沒有騎過摩托車？」

「騎過，和爸爸一起，不過我總是坐在後面，從小就是這樣。我們騎的頭一輛摩托車是勞林牌的，開得可歡暢啦。如今這種車後面還掛加了輛小拖車，這樣，媽媽和弟弟也能坐上去。我們騎著它跑過好多次，後來出了毛病。我們和爸爸已經沒有力氣折騰它了。」

「您知道嗎，赫拉巴爾，這種車我已經一點兒也記不得了……但您還要去考試啊……爲什麼要使用潤滑油？」

「潤滑油有粘性。」

「好。那麼，壓氣泵是什麼？」

「調整汽缸容量和燃燒室空間的比例。」

「對，這樣回答更好。不過您一定會記起我來的。那些一竅不通，能說會道的傢伙，騎起車來可眞讓人捏把冷汗。您會在什麼地方碰上的。不過您別放在心上，將來您能對付得了的……

等您完全掌握了，也會飛快地在地球上旅遊的。到那時候，您就會在車上記下跑了多少公里。不過您爸爸的確是一把好手……他還開車嗎？」

「一直開著哩，沃什吉克先生。可是現在他在家裏除了汽車，從不談別的事，一張口總離不開汽車。我覺得，他甚至想像著連天上也全是汽車，還有飛機和輪船。等他有一天去世了，天堂門口也會有各種汽車工具和零件等著他，他將永遠能夠鼓搗那些玩意兒。從前呢，他可沒讓我們閑著。我爸像一陣過堂風，而我媽卻像所有的媽媽一樣，經常提心吊膽的。爸爸安慰她說：『來吧！瑪麗什卡，到外面去透透空氣，對你有好處。』就這樣，我們跳上了摩托車。才剛剛超過幾輛牲口車，爸爸便將媽媽的緊張勁兒忘了個一乾二淨。他大聲嚷著：『塔爾卡・弗洛里奧❶！』我們像狂風一樣地往前飛奔。我模模糊糊地看見媽媽將弟弟摟在胸前，她不停地喊道：『弗朗西尼❷，弗朗西尼，我的天哪！』可是爸爸不管這一套，繼續朝前猛開。那時候時興穿汽球一樣的風衣，父親穿著它，背後鼓得高高的。我坐在後座上，他的風衣一直頂到我的胸前。」

❶義大利一種老牌車名。

❷指爸爸的名字。

「這麼說，赫拉巴爾，你們一定坐得夠擠的吧？」

「哪裡，後座地方足夠了，還裝了雙份彈簧，一種特別的彈簧，後座是按照專門尺寸做的，因爲有時跟我爸爸坐車的經理，體重一百公斤。沃什吉克先生，您相信嗎？騎摩托車外出的時候，只是在車子剛發動的那一會兒，要不就是修車的那一會兒功夫，我才能瞧一瞧田野的景色。因爲一路上我都淚汪汪的，看不清路邊的風景。大地和樹林好像都變了形一樣。」

「啊，這麼說，您爸爸是個了不起的人，對吧？」

對我們小孩來講，是這樣；可我媽媽不這麼看。我們每到一個地方，在中途停車的時候，什麼祖母山谷或者捷克天堂❸，我們根本顧不得看一眼，只覺得一陣陣噁心要嘔吐。媽媽則萎靡的躺在小拖車裏，她一個勁兒地抱怨：『我幹嘛要出來，幹嘛要出來呀！』並且還要呑幾片藥。在這種郊遊中，母親能夠選擇的只有通往醫院或墳墓的道路。可是父親總是一次又一次地開著車去著名的塔爾卡·弗洛里奧比賽場。於是，我們總是在美麗的田野中這樣一起渡過的，往回開的時候還是一樣難受。剛開始，父親還答應母親，向她保證說，開車出去一定讓一家人都高高興興的，可是一刻鐘之後，他的勁頭一上來，便又開起快車來。於是我們全家又像幽靈

❸捷克的風景點。

一樣在野外飛奔，因爲我父親覺得不這樣就沒勁兒。」

「好，我的菸抽完了，拿著這個準備開車吧！」師傅說。

我踩著摩托車的撐腳，鞋子在它上面碰得咚咚地響。

「我們再練一次，赫拉巴爾。首先要轉動開關箱的扳鈕。車速的調整同您那輛車有點不同。」

「我還沒有開過車哩……因爲還沒有通過考試。」

「我知道，我們現在是紙上談兵。好，一檔朝上，二、三檔向下。如果您要變速，就按那個地方。打開車燈！」

我踩著摩托車，將一條腿跨過去坐下，轉過頭來問道：「沃什吉克先生，您坐好了？」

「是的。可您看，熄火了。起動時，要加大油門，調整離合器要慢一點兒。這樣再試一次……還是不成！」

「咳，我用的是一檔。」說著，我的臉紅了。我換了檔，車發動了，它響聲如雷。雖然這一帶一個人影也沒有，可我還是覺得整個布拉格好像都在盯著我。換了檔以後，整個世界似乎都在同我一起轉動，眞叫人開心。

沃什吉克先生在我身後，俯下身子小聲對我說：「赫拉巴爾，只管保持平靜……再加大油門。現在轉彎！看後面有沒有車跟上來……打手勢，要駛進主道了……放開離合器……好，左轉彎，快給我上二檔！立刻剎車！這裏是三角地帶，我們要向右拐，進入卡普洛娃大街。給信號！再給！好，就這樣，就好像您在搔膝蓋癢，或者襪帶掉了一樣……我們又減速了，上一檔，接著掛二檔、三檔，用鞋底輕輕踩一下就成……到新市政廳，給信號！向自鳴鐘❹方向拐彎！注意巴黎大街有沒有車開過來！這條街有電車軌道，開車要穩。剛下過雨，馬上要上石磚路了……到了廣場，往左拐。注意！沒有車衝我們開過來，後面軌道上也沒有電車跟著……現在拐彎開進長街……您同您爸爸騎車是不是有時也摔倒過？」

「騎拉烏林❺沒摔過……直到後來騎巴伐利亞的車❻才……。可父親一個人開著拉烏林時出過事。母親沒有耐心坐摩托車，長途旅遊我們就坐火車去，爸爸騎摩托車跟在我們後面。但他從來沒有騎到過目的地。我們在布爾諾❼等他，他卻是乘火車到的。他手提行李，包紮著腦袋，但仍然精神奕奕，還面帶笑容，說他騎著摩托車在比多夫鎮闖進了教堂聖器室……。」

「哎呀，闖到聖器室去了？那我決不會，我連做夢也想不到去那種地方。現在好了，向右

❹布拉格古城廣場著名的自鳴鐘。
❺一種摩托車牌子。
❻巴伐利亞的寶馬牌車。
❼捷克第二大城市。

拐，去革命大街！那兒車少。加速！加速！到十字路口最好減速。您要是在那裏出事故可就慘囉！我可眞欽佩您爸爸，眞心實意欽佩他……他還開車嗎？」

「開，沃什吉克先生，他還一直開著哩。不過越開越驚險，像賽車一樣。有一回我們乘火車先行一步，去斯庫切鎭。爸爸同一位機械師開摩托車在後面跟著。可他們到達的時候，卻不是騎摩托車到的，而是坐火車。他身上貼滿了膠布，因爲他們的摩托車同一輛牛車撞上了。到達的時候，爸爸還笑嘻嘻地說：『你們看，我這不是來了嗎！』」

「掛一檔，赫拉巴爾……現在向左拐，別講話……在代表大廈街上什麼事都可能發生。您記住，摩托車像神話一樣，它越跟您過不去，您就越離不開它……明白了嗎？眞正的男子漢嘛……另外，等到有一天，您栽倒在溝裏，折斷了腿，夜裏在地上躺著，您自己就清楚是什麼味道……別離電車那麼近！要是有個笨蛋從電車上跳下來……交通規則上怎麼說來著，您該怎麼開車？」

「保持比較保險的距離，以便隨時停車。」

「好，赫拉巴爾。您在普希科普大街怎麼這樣開車？您得先按一下喇叭！就在這塊地方，我撞上過一個小學生。他像您一樣，他的車開到了電車軌道上，摔壞了鎖骨。所以，赫拉巴爾，一定要仔細看看有什麼危險。這倒不是說正好有險情，而是要注意觀察存在什麼威脅。要不斷地注視著行人……人們像閃電一樣，說出事就出事。當然還得看您的運氣。運氣要是不好，在布拉格即便步行也會處處有危險。現在朝上開，去瓦茨拉夫廣場❽。信號燈已經不亮了……上一檔……好，車不多，往上走主道！您爸爸開了一輩子摩托車啊，那您應該把那輛車送到墓地上去，當個紀念碑……現在別講話，別吭聲！到了沃吉奇克十字路口……好，路口過了……對吧？」

「我還想起一件事，有一回，我們開車去博傑布拉德❾療養地。爸爸買了件長風衣，那是夏天，全家人都打扮得漂漂亮亮的，我們小夥子穿的海員服。可是過了科瓦尼采鎮，爸爸那漂亮的風衣被風吹了起來，一下子夾在後輪子裏……。」

「叫做第二輪子，赫拉巴爾。」

「是……第二輪子，風衣被捲進了齒輪。這時候，爸爸的身子向我倒下來，他用手拼命去抓節氣柄，可他一直被風衣拽著，手怎麼也搆不著。我也開始背朝下地往下掉……。」

「好極了，赫拉巴爾，別只顧說話，我們該向右拐。您別坐得那麼緊張，我幫您保持平衡……現在向葉奇納巷拐彎。好，接著講吧！」

❽布拉格最繁華的地方。

❾位於布拉格東北。

「就那樣，我們跨過水溝，開到黑麥地裏去了。眞倒楣！那個時候的布料結實，要是現在，衣服早被扯破了……。」

「赫拉巴爾，不，現在還不要急。伊格納茨街十字路口，什麼都有。左邊是醫院，救護車總是停得滿滿的。您最好用二檔，記住！您自個兒開車，經過布拉格市區時用三檔比較好……那邊有兩個加油站，碰到技術檢查員要小心……我們往下朝伏爾塔瓦河邊開去！」

「當時，父親就那樣靠在我身上。我們在黑麥地裏轉來轉去。那麥稈高得齊到我們的脖子……。」

「不行，赫拉巴爾，現在別分心！這時候，您感覺要清醒。我們正沿著民族劇院行駛，一直往下開，穿過克日肖夫廣場，再拐彎去我們那兒。讓那些當兵的先過去吧！聽響聲似乎是一一一型的車……我說什麼來著？啊，一一一型的車。現在加油，過十字路口要開快車。對！……」

「我們就那樣在麥田裏開著車走。爸爸用腳駕駛，還不時望一望我們這幫男子漢。媽媽唉聲歎氣，都快暈過去了。我弟弟試了幾下節氣柄。您知道，當時夠慌亂的。父親大聲嚷道：『不是那一個，這一個也不對！』等到我兄弟弄對了，我們才在麥田裏慢慢停下來。可是我們沒有辦法將爸爸的風衣從齒輪裏拽出來……一群在田地幹活的人來到我們跟前，用鐮刀將風衣割斷，我爸爸才出來。後來，他只能將剩下的風衣片縫製一件坎肩……。」

「注意，十字路口！知道嗎？我們還要朝法學院開，再轉向巴黎大街，但要留心電車軌道……後來，你們就買了巴伐利亞的車？」

「是的，寶馬牌，那可是個燙手貨！那時候時興塔西歐·努沃拉里牌。我坐在爸爸後面，去寧布爾克⑩只開了二十五分鐘，就到了赫盧別津納⑪稅務所門口，我們在那兒停的車。一路上什麼也沒看著，像騰雲駕霧一樣，只有爸爸不時朝外面喊著：『努沃拉里！』現在要換一檔嗎？」

「爲什麼？橋上已經禁止通行。可那輛巴伐利亞車響聲眞大……也難怪！你們第一次開輛車，是在什麼地方栽倒的？」

「在莫霍夫和尼赫維茨達兩個小鎭之間。我們買了摩托車，爸爸開的速度只超過馬車。可是不知怎麼回事，汽油著火了。我們抓住車把，原地打轉。把我摔在梨樹上，鎖骨折斷了。那是在假期發生的事，而且是放假的頭一天……這學年我沒留級，我們開車上布拉格，本想去爲我買頂禮帽，說是獎勵我的學習成績……爸爸摔得翻過車座，眼鏡撞得扎進眉毛。我弟弟從車上摔了下來，不過一點事兒也沒有……可爸爸在公路上簡直想開槍自殺。他身上在流血，可是

⑩位於布拉格東北的城市。

⑪布拉格一個區。

他不知道，只是大聲喊道：『我什麼也看不見了！』我們將他緊緊抓住……心想，要開槍，幹脆連我們一起都打死算了……幸好那兒還有別人。他們把我抬上車，到撒斯基鎮，大夫給我打了石膏……現在往哪兒開？去撒尼特羅維街？」

「是的……可您父親怎麼樣了？」

「除了我父親和我兄弟，還有那撞壞了的擋風板，誰還能從那出事的地方逃出來？我父親只是頭上纏了條繃帶，還笑著大聲說：『這一下挨得可不輕啊，是吧？』」

「赫拉巴爾，在這裏要格外小心。我的一個徒弟就在克勒門丁街加大了油門，天氣也是這樣潮濕，結果是我後來只能在床上躺著，什麼事也不能幹。這回您開得不錯，向我們那兒拐彎……再朝前開，上一檔……拐彎！腳不要著地，要不我就踹您一腳！關油門！掛空檔！拉閘！眞可惜，今天我們兩人是最後一次同坐在一輛車上了……您媽媽對出事故是怎麼說的？」

「我們進門的時候，她正好去餵雞。看到一個打上石膏的兒子拿著壞擋泥板，媽媽愣得一動不動地站著，手裏捧著裝米粒的小盆。父親笑嘻嘻地對她說：『瑪利什卡，今兒個出的事，實在精彩！』母親身子一晃，倒在了地上。盆裏的米粒撒了一地。小雞啄起食來。」

「好，我點根菸。我說，您爸爸眞是好樣的，經歷了很了不起的事情。行了，把證件給我，給您簽字。」

他簽了。

「您知道，今天聽了您爸爸的事，我多麼開心嗎？」他一邊問，一邊將證件遞給我。隨後踩著踏板說：「有點兒涼是吧？真心地向您爸爸捎個好！」

「一定轉告。」

沃什吉克先生把手舉到額上。他打開油門，車子幾乎在原地轉了個一八〇度，然後隆隆地響著，朝伏爾塔瓦河那邊開去。

可愛的小夥子

快半夜了，澆注工人們還站在爐前。他們總共有六個頭頭，三十六個翻沙鑄造工人。他們幹活的時候，都一聲不吭，全神貫注，因爲滾燙的鋼水要從這裏流出來，全部的澆注槽必須用耐火的粗管道製成，或者必須塗上石墨。當他們給鑄模加上帽蓋，準備好木炭時，組長決定說：「好，小夥子們！開始灌注吧！」他踩著有彈性的木板跑過注槽。

他走到對面，突然想起來說：「漢斯，你想讓誰來替你清掃那些生銹的破爛貨呀？」他說著，用手指向一塊形狀奇怪的鑄鐵。

「我呀！」英達❶指了指自己，接著他又辯解說：「可剛剛上班的時候，沒有空吊車呀！

❶英達和漢斯是同一個人，前者是他的名，後者是他的姓。

二十號位上沒有吊車員。」

「那你就應該到那些蠢豬那裏去要吊車！」組長說著，指了指煉鋼廠房的樓頂，那兒正有一輛帶大鏟的吊車。

「你們說得倒容易！去要吊車，可吊車用來接送頭頭去了。」

「那你就該等著他！」

「等，等——可吊車還要運一堆鋼筋……現在您聽見了吧？」英達舉起手，指著鈴響的地方說：「聽吧，E號爐又響鈴了，吊車沒有空！」

「可這也幫不了你的忙！」組長說著開玩笑似的拍了一下英達的臉。

隨後大家坐到一邊去了，緊挨著一堆已經冷卻的鋼錠。組長將裝過鉻的空箱子翻過來當凳子坐下，吩咐說：「好！庫德拉，開始吧！」庫德拉笑著說：「開始！」

大夥兒都朝上看：吊車開始動作，打開所有的儀錶，機器同時動起來，將裝滿石灰的大盆往上吊，運石灰的車輛正向煉鋼場開來。

「這違反了操作規程！」英達說。

「弗朗吉謝克你這個笨蛋！」組長克制地說：「要是吊車員按規章辦事，煉鋼場就只能完成百分之四十的生產任務，你這笨蛋！」

吊車在全廠房隆隆作響，裝著石灰的白色大盆在電爐旁邊徐徐上升。馬丁爐的門在上面大敞著。從巨大的長方形天窗口可以望見滿天的星星。夜間的冷空氣一直吹到這裏，英達站在那裏凝望著天空。

爐門開了，人們規律地用鐵鏟將粉碎的鎳扔進熔爐。碎鎳立即熔化，表面上形成鏡子一樣的薄層，照著煉鋼場，叫人目眩。煉鋼工人站在爐前，用紫色鏡片觀察沸騰的鋼水。

英達把手提包拿下來。場裡老鼠多，提包必須掛在鐵絲上。

「我什麼也不會餵給老鼠的！」庫德拉說著，從包裏取出剪刀之類的工具，放進兜裏，「那些怪物有一天會從頂棚上順著電線爬下來的！」

「庫德拉，」組長提醒說：「我想讓你抽空給我剪一下頭，但要像沒剪過一樣，要不我就會成爲一個大禿瓢。」

「您清楚的，我們只剪這種美國式的髮型。」庫德拉說著，將工具放在盛釩的鐵桶上。他見英達要往小箱子上坐，就從他身後將箱子抽走。英達連同他那抹好了黃油的麵包一起摔到了灰土裡。

「主要在兩邊剪一剪，」庫德拉若無其事地往下說：「我舅子告訴我說，在老波爾蒂鋼廠，人們用捕鼠器捉老鼠，將老鼠取出來之後，澆上汽油，燒得它在木箱上亂竄，像焰火一樣。」

「庫德拉，我耳朵後面不要剪得太狠了。」組長又提醒他一次。

「這我知道，您又不是那種佩戴寶劍、蓄著老式長髮的老人，對吧？」庫德拉指了指正在切麵包的英達。

「誰想理什麼髮型就怎麼理好了！」英達大聲嚷道：「可我只在青年理髮店剪頭髮。是一個名叫奧利維里的法國佬剪的。那傢伙長得眞帥。你如果問，要誰來理？大家都會告訴你說要那個穿條子衣服的。他穿的緊身褲，上衣裁得像個圓瓶子，禮拜天下午還戴一頂這樣這樣的禮帽。」英達興高采烈地說，還用手在頭上比比劃劃。

「是什麼樣的？」庫德拉問，停止剪髮了。

「就是那個樣子！」英達又比劃了一下。「不過奧利維里壓根兒就不會理你，他只按我要求的剪一個不老不新的樣子。波浪式的？還是蓋住前額？最後他還要問：灑花露水？還是香水？」英達摘下帽子，使勁低下頭，讓大夥兒瞧瞧，青年理髮店的奧利維里理出了多麼美的波浪式……而且只爲他一個人理的。庫德拉乘機將推子上的細髮吹到英達擦了黃油的麵包上。

「好漂亮的頭髮啊！」庫德拉感歎了一句。

「庫德拉，」組長緊張地說，將手從圍裙口袋裏掏出來。「求求你，別剪太多了！我都感到有陣涼風吹過了。」

「我知道。可是總得有點兒形出來嘛！」庫德拉讓他放心。他朝地上看了一下，只見遍地是小百合一樣的老鼠腳印。他接著說：「我在馬丁爐旁幹活的時候也用捕鼠器抓過一隻老鼠。我將它塞進吊車上的一個洞裏，吊車工一直把它送到爐邊。當時正好出過鋼，我將捕鼠器打開。

老鼠見到爐子那邊的小洞口就往裏鑽……當然被燒死了，小腿都燒沒了。它以爲那是個好地方才跳到裏面去的。」

澆注工人們一聲不吭，剪刀還在剪著頭髮。

「小天使飛過去了。」英達突然說。

「什麼？」

「有一種說法，當大家坐著，不知道該談什麼好的時候，小天使會一下子從天上飛過去！」英達解釋說。

有人在暗處喊道：「盆裏沒泥了。」

「漢斯，你是怎麼追小妞的？」組長問。

英達好像正等著這個問題。他回答說：「這個星期天，我在斯波特卡酒吧櫃檯旁坐著，蹺著二郎腿，好讓人家看見我的條紋襪子和漂亮的皮鞋。我的腳很小，你們看！」說著他將皮鞋抬起來給大家看。

「讓我瞧瞧！」庫德拉說。英達又一次將腳抬起來，庫德拉往上面啐了一口。

「別這樣！」英達生氣了，「您眼紅了吧？三十八號！我旁邊坐著一位漂亮姑娘。我對她說，小姐，能請您喝一杯嗎？您喜歡喝什麼？她要萊姆酒。我們碰了杯。可我喝的是礦泉水，因爲我戒酒了。她很在行地瞟了我一眼。我看了看她的領口說：小姐，您的胸部可眞美啊！她說：

您頭疼得厲害嗎？我說，有時痛得像有輛快車在裏面跑著。她告訴我說，往耳朵裏滴上幾滴像猴尿一樣的藥水，再像攪動塗料一樣將頭晃幾下就行了。那位小姐，她眞的讓我十分感動。」英達說。

「你不是在胡扯吧？」組長說。

「他沒胡扯，」庫德拉忙說：「他們這一代的人，一天到晚感動。我那個壞小子也是這樣。他下班回來就興奮地對我說：『爸爸，我們在鍛造場揮動汽錘，它差點兒碰到我的鼻子上了，只差兩釐米。』我說：『你這笨蛋，你八成是躺著幹活吧？』他眞是躺著幹的。『爸爸，但那是忙中出錯。當那滾燙的錘子離我鼻子只有兩釐米的時候，我兩眼一片漆黑。』我問：『你爲什麼要躺著幹？你說呀，爲什麼？』『因爲，爸爸，一方面我相信那機器，更主要的是，我特別感動，姑娘們現在對我可另眼相看啦！』」庫德拉揮動剪刀嚇唬說：「臭小子們，我眞想讓你們感動一下！」

這時候，六號爐開始出鋼，助理工們快速拉動長杆，鋼水滾滾地流出來，鋼花在沸騰的容器裏，如同燃燒的顆粒，四處飛濺。工長站在臺上，被鋼水照得像個魔鬼。他一手指揮吊車，一手拿著紫色玻璃片遮住眼睛。最後，他發出信號，讓助理工人將矽石倒進容器。裏面先是冒出褐色的濃煙，接著是刺眼的光芒，像焰火晚會一樣。下面的吊車工用手按著控制器，屏住呼吸，想盡力少吸進一些五顏六色的有毒蒸氣。

「庫德拉，我給你剃得像普魯的鄉巴佬啦！」組長摸著腦袋說。

「這不過是您的感覺而已。可惜我沒鏡子。漢斯，快去給我弄點兒水來！」庫德拉吩咐說，將裝芥末的杯子遞給他，還在他腳上踩了一下。

「我們在刮牛排。」他悄聲說。

漢斯・英達轉來時，庫德拉用指頭醮點兒水，抹在組長的耳朵周圍，還對他說：「感動，感動……我也曾經感動個沒完，我們也沒有比他們好到哪裡去……您爲什麼總是晃動？這樣我會割到您的耳朵的。」他緊張地說。

「媽的，庫德拉，你沒把我當成整塊牛排砍掉吧？」

「哪兒的話，只割掉了一點兒。不然，您就會像一個公證人……我再刮刮您的脖子！」庫德拉說。他轉身的時候，故意將身子一歪，碰了一下英達，還衝著他嚷道：「你這個傢伙，不能坐到別處去嗎？」

「沒什麼，沒什麼！」英達謙讓地說，繼續朝天窗看那些星星。

「我就原諒你這一回吧！……擦點兒生髮油，還是抹點兒水？水呀？好吧！我們有個頭頭，叫做什麼謝納爾。他隨身總帶著一份名冊。有一回，我們走進一間停屍房時，謝納爾先生正在細看那上面寫著死者職業、姓名的牌子。每塊小牌都用細繩繫在死者的大拇指上，免得弄混了。這同產房一樣，每個嬰兒也都有塊牌牌，免得被人調包……謝納爾先生每拿起一塊牌牌，便在單子上劃掉一個名字。有個司機說：『謝納爾先生，那解剖臺上還有一具屍體！』謝納爾於是跑過去，拿起繫在那個人拇指上的牌子……這時候，那屍體突然坐了起來，向他行了個舉手禮，然後又躺下了。這時，一生勾掉了成千上萬個死者名字的謝納爾先生，像彈簧一樣蹦起來，踩著了棺材蓋，撞到了我身上。從此他只站在遠處查看。那司機笑著說：『謝納爾先生，快看！那死人又坐起來敬了個禮……』這水是從布拉格普洛哈斯卡那兒弄來的。」庫德拉講完了，又悄悄地問：「要像銀行街上的人那樣理成分頭嗎？」

「就像銀行街上的人那樣吧！」組長點頭說。

庫德拉解開圍裙，上面的東西全抖到了英達的眼睛裏。英達正兩手放在膝蓋上，兩眼望著煉鋼場的另一面牆那邊，馬丁爐上方天窗外佈滿星星的藍天。

「這，這算不了什麼，」庫德拉抖落著，等他尖著嗓子笑完之後說：「這壓根兒就算不了什麼，人就是愛這樣經常鬧著玩，直到碰上生命攸關的人爲止。」

「碰上誰？」英達不再揉眼睛，只是呆呆地望著。

「碰上與自己生命攸關的人唄！」庫德拉說著，用手彈了一下英達的鼻子。

組長用手指頭摸了摸襯衣領子，還摸了一下後腦勺。

「碰上生命攸關的人？」英達瞪著兩眼問道。

「是的，碰上這樣的人，就這樣，笨蛋。我有一個朋友，在斯特拉什尼采火葬場工作，名叫杜馬。我們兩人很要好，我們一起養魚和魚蟲。有一回，他生病了，我的身體也不舒服。等我病好了之後去火葬場看望他。正當我往下走，聽見樓上有合唱聲，『美麗的捷克，我的捷克……』而有人正在往下抬棺材。我問：『師傅，杜馬今天在什麼地方？』師傅敲了敲棺材，指著它說：『杜馬今天就在這兒！』我撒腿就跑，到了弗洛拉街才停下來。」庫德拉感到組長往他口袋裏塞了幾個硬幣，便輕聲地說：「這用不著嘛……。」

他將推子、剪子和梳子裝進印有薩克管和口琴的圍兜裏，然後拿出一塊麵包，從鐵絲上取下提包。

他們慢吞吞地向通道走去。那邊幹活的是另外一個小組，正在用長鉤拉運鋼錠，再由吊車運走。鐵鉤在鋼錠上碰得叮噹響……。

「好，小夥子們，」組長戴上帽子，以做決定的口氣說：「馬上在八號爐下面準備澆注槽，但要先清理廢料。有的廢料太重，漢斯，你到後面E號去把錳管圈拿過來，將廢料的一端套上一個圈……吊車用鉤子幫你的忙，行嗎？」

大夥兒從梯子上走下來，向澆注槽走去。

英達從六千公斤重的鋼筋和堵塞著澆注槽的鋼錠後面拿起一把十字鎬和鐵鍬。在開始幹活之前，大家只好擠在注槽牆邊等著。上面的吊車裝滿了爐渣，閃耀著如北極光一般的磷光。可能是小車沒有從爐渣堆那兒開過來，吊車只好吊著大盆，停在澆注槽上方，靠近馬丁爐。組長往手掌上吐了一口唾沫問道：「漢斯，你常跳舞嗎？」

「這您當然淸楚嘛，在藍星酒吧我同一個女伴一起玩得很開心，我追那個舞伴一直追到洗手間，只是她的男朋友不高興，給了我一個耳光。」

「人們太神經質了，你們不覺得嗎？」組長扯著耳朵聽著。

「是呀，」英達附和說：「眞可怕，在布拉格，我買了一張古切克先生合唱團的唱片，後來拿到舒瑪瓦山上的一個晚會上去放。悅耳的銅號聲一響，我便朝一位漂亮小姐走去，鞠了一躬說：『小姐，可以請您跳舞嗎？』我還客氣地對她的男朋友說：『朋友，我可以邀請她嗎？』可那個傢伙瞟了我一眼，還罵了一聲『蠢貨！』我問他：『你說什麼？』他重複說：『蠢貨！』我向小姐鞠了一躬說：『對不起，女士！可我要給您那位先生幾個耳光！』我們於是走到走廊上，他倒先摑了我一耳光，我倒下了。要是古切拉先生同我在一起，肯定會將他那一幫人揍得粉碎。可是，摔我的那個小子是一條壯漢。」英達說得還很得意。這時他正歇著，擦了擦汗接著說：「那傢伙腰圓膀大，」說著還指了指肩膀說：「舒瑪瓦山舞會上的那位先生長得眞魁梧，那肌肉眞棒！」

「什麼樣的肌肉？」庫德拉問。

「這樣的！」英達說著高興地指了指自己：「我本人嘗過了的。……有一次我到利達克那個地方，趕上西維爾隊獲勝了，最優秀的鼓手沃塔瓦高興得使勁擂鼓，鼓槌飛到人家的觀衆席上去了。」英達越說越起勁。

組長在他們上面一點兒，背靠著欄杆，朝著敞開的門大聲喊道：「你們沒往澆注槽加廢鐵嗎？」門外站著一個模糊的身影，他後面閃爍著星光。那個人喊道：「廢鐵沒有了！」

組長揮起拳頭威脅說：「他媽的！你們總得加點兒東西進去嘛，不是嗎？」

那個人影也喊道：「我們往裏面放了些金屬鑄模。」

組長啞著嗓子喊道：「金屬鑄模是些老玩意兒，沒有用的東西！」

英達從下往上看，不覺放下了手中的活兒。只要有人大聲嚷嚷，他就以爲那是他的過錯。

組長說：「漢斯，需要安靜是吧？你星期天是不是也看了足球？」

「看了，那場比賽眞精彩。」英達說：「下半場，三名德布利采的球員壓住了馬耶爾，可是沃烏斯和林哈特把德布利采隊員狠狠整了一下，弄得德布利采人要揍裁判。結果是，科克什特因和布拉加利奧被抬出了運動場。不過那還是一場了不起的比賽。庫赫勒爾先生直到今天眼睛還腫成這——樣！」英達說著，用手掌捂住眼眶。

「眼睛怎麼個樣？」庫德拉問道。

「這——樣！」英達又認眞表演了一次說：「在德布利采人揍科克什特因時，他本人已經踢進了兩個球。第二球進得太棒了，守門員至死也不會忘掉。那眞是過癮！我的老天爺！」英達舔了舔嘴巴，從口袋裏掏出一隻粉筆說：「你們看吧，我給畫在牆上：這兒畫個十字，代表德布利采二號，圓圈是科克什特因，十字的後面是德布利采的後衛，這兒是球門。你們想想看，科克什特因是怎麼幹的？」

「喏，快說呀！是怎麼幹的？」庫德拉勁頭來了。

「這我當然知道囉，像我畫的這樣，科克什特因接到傳球，轉身跑到後衛身邊，在二號周圍虛晃了一下，以不可阻擋之勢，將球踢到網裏。這是第一次進球。」英達興奮地劃了一道槓槓，接著往下說：「後來呀，又進了第二球，實在叫人開心！你們看，我畫的是球門，這裏是德布利采隊的二號。科克什特因好像要傳球，但他突然在二號附近一滑，就到了守門員附近。你們想想看，科克什特因是怎麼踢的？」

「他撲通一聲挨撞了一下。」庫德拉說。

「哪兒的事！根本沒撞著，沒有……。」英達低聲說，腦子裏閃出了他們正在談論的那寶貴場面。「現在你們看明白了我畫出的整個球門，」說著他還畫上了球門柱，「德布利采的守門員等著對方的一腳，準備向前撲救險球。但你們看到了，正像我畫的，科克什特因避開了他……守門員再快也無濟於事。球輕輕地滾了進去……。」英達畫出了那個幾乎看不見的球，可對他來說卻看得一清二楚。他邊說邊表演，一不小心跌了仰面朝天，像翻筋斗一樣，石墨和沙弄到眼睛裏去了。他站起來，撲打身上的灰塵，不好意思地笑了。

「不錯，你眞是個耍雜技的好材料！」庫德拉說著，走到他身邊，將他的帽沿幾乎拉得蓋住了下巴，說：「你快到四號去取錳圈吧！用吊車運過來，你這小笨蛋！」

英達掙脫了那有力的手掌，摸了摸自己波浪式的頭髮，輕輕地戴上帽子請求說：

「我不知道那些鐵圈在哪裡，庫德拉先生，勞駕，您能自己去嗎？」

「我叫什麼名字？」庫德拉用嚇唬他的口氣問道。

「西蒙尼克❷先生……好西蒙尼克先生……」

「這還差不多！記住啦！那麼你打掃一下，我去找錳圈。」庫德拉吩咐說。

「我去喝點兒啤酒，再看看六號，估計已經弄乾淨了，我們就可以開始運鋼錠。英達，在這兒好好幹吧！」組長靠著梯子說。隨後他慢慢走下梯子，庫德拉跟在後面，他看見英達恭恭敬敬地扶著梯子，便又刮了一下鞋後跟。英達只好再次抖去沙粒和石墨，揉揉眼睛，脫下帽子，摸摸他那漂亮的波浪式頭髮。然後他抬頭看了看鋼廠的天花板和廠房結構，那活像蝙蝠張開的翅膀。

這時，平臺上的煉鋼工人喊道：「水管工！他媽的，八號的水快浸到褲子裏來了！」

英達爬上梯子，看看是誰在喊，他發現天窗已全部推開，藍天上群星閃閃發亮。

❷西蒙尼克是姓，庫德拉是名，庫德拉．西蒙尼克是全名。呼姓通常表示尊敬。

他走下梯子，沿著澆注槽往前，一會兒看到鋼錠上冒著藍色的火焰，一會兒又望望煤爐的炭火。有一個人在馬丁爐附近，兩手捂著腦袋在打盹。

英達打開小門，走到鐵軌上，吸著夜間的清涼空氣，抬頭凝望滿天的星星。

這時候，緊靠著八號馬丁爐的大盆翻倒了，全部熾熱的爐渣倒在澆注槽裏。

整個煉鋼場一片淺紅色的火光，火星從澆注槽濺到人們的衣帽上。

庫德拉取回錳圈，看到眼前出的事，呆呆地站了片刻。他扔下錳圈拔腿就跑，一下子摔倒在地，但他馬上站起來，全身被石墨弄得烏黑。他朝澆注槽跑去，大聲呼喊著：「夥計們，快過來呀！」

他脫下外衣，蒙著面孔，往槽子底下爬去，使盡全身的力氣朝下面喊著：

「英尼切克❸！英尼切克！」

組長從食堂跑來，也用外衣裹著腦袋，但正當他要下到澆注槽時，梯子從下面燃燒起來了。他只能放慢腳步彷彿向深水裏涉去。

「可能讓我們的英尼切克在爬過鋼筋的時候碰上了！」他邊喊著他的名字，邊沿著澆注槽

❸英達的膩稱。

跑著，然後下到裏面，但巨大的鋼錠橫在槽的前面，擋住了去路。那裏一個人也沒有，只有滿地的爐渣。

大家都湧過來把手伸給他，將他拉了上來。

「讓我們的英尼切克碰上了。」當工人們帶著滿臉狐疑湧過來的時候，組長說。

「你們這些笨蛋！怎麼能將那麼大的容器繫在電纜上呢？」組長大聲嚷著，手都發抖了。

英達卻從後面的七號爐下走了回來。當他看到火光和跑來的人群時，不禁嚇了一大跳。

組長首先看到了他，親切地喊道：「英尼切克——」

各座爐子的警鈴發出種種報警聲：出事了！

庫德拉轉過去小聲說：「英尼切克，你還活著……？上哪兒去了？」

組長歎了一口氣說：「英達呀英達，你可把我們嚇壞了！你看，給你開救護車來了……你們回去吧！什麼事也沒有！」組長喊道。救護人員抬著空擔架，轉身往回走了。

可是看熱鬧的人，高爐的工人，還有電爐那邊來的人，都盯著澆注槽，快燒完的鎬把兒，還在發出滋滋的響聲……槽中間一層烏黑的油，冒著藍色的火苗。大家看著英達，英達指著槽裏說：「好一件漂亮的上衣，可惜了！」

組長擤擤鼻涕說：「是可惜，我還以爲你穿在身上呢！」

「這麼說，你們以爲我可能在那兒待著？」說著，他指了指那凝固起來的淡紅色岩漿。

庫德拉指著樓板說：「笨小子，你想過沒有，他們爲什麼帶著擔架來？鋼爐上爲什麼要報警？」

「是因爲我嗎？」英達指著自己問。

「那你覺得是爲了誰呢？」組長問。

英達望望四周，看看小夥子們的眼神：所有的目光都在注視著他……他驚訝地發現：他，英達，還有一點兒分量，在煉鋼廠能起點作用了。

「要是我倒在那兒了，你們會爲我哭一場嗎？」他以懷疑的口氣問，又環視了一下大夥兒的眼神。

「眞不知會哭成什麼樣呢！」庫德拉說。

「爲什麼？」

「因爲，笨小子，我們會捨不得你呀！因爲大家都知道，跟你在一起很開心呀！」庫德拉說。

「這麼說你們眞的都喜歡我？」英達提高嗓門說：「先生們，那你們大家都得到我這兒來！咱們慶祝一下！這裏老像青年陣線出版社一樣，每張桌子上都擺著報表。咱們別管這麼多，把桌子拼到一起來！我給你們放古切拉先生的音樂，聽拉里馬同他樂隊的演唱，還有黑人歌曲。我喝礦泉水，你們大家喝甜酒，我請客！我還以爲，你們壓根兒就不喜歡我哩。」英達說著，向大家敬了個禮。

庫德拉說：「好！可英尼切克，你究竟去哪兒了？」

「在外面……看星星呀！那——麼那麼大的星星，像手掌一樣！」英達說著，手有點兒顫抖。

「有多大？」庫德拉問。

「有這——麼大，像手掌。」英達比劃著說。

庫德拉拿起自己的帽子，往英達的頭上一蓋，一直壓到了他的下巴上，說：

「我沒法用別的方式來表達，我喜歡他。喏，就這樣！」

已逝的金色年華

中午，兩位剛剛游完泳的老人，躺在什魯達游泳池邊的地板上。太陽曬得那樣厲害，游泳褲幾乎都乾了。酒店老闆摸了摸他那灰色的毛茸茸的胸脯回憶說：「我做最後一筆大買賣是在一九四八年。我去波波維茨啤酒廠訂貨，爲雄鷹體育協會舉辦的活動做準備。啤酒廠經理說：『你交點兒押金，就可以在斯拉霍夫運動場得到一個最大的攤位，這也有助於實現健康的精神寓於健全的體魄之中❶這一美好思想啊？』我說：『租下來，但願能銷售兩百公升啤酒。』而啤酒廠經理說：『迪爾什的思想那麼深刻，我能賣掉的啤酒不會只是二百公升而是幾千公升。』於是我們握手，共祝雄鷹運動會成功。」

❶捷克著名體育團體「雄鷹」協會的組織者之一迪爾什（一八三二——一八八八）說過的一句名言。

大夫停止擦魯比亞油脂，說：「是啊！有什麼樣的開頭，就會有什麼樣的結果。所以我最喜歡回憶我開始實習的那些日子。我記得我開始實習的時候，正是一個美好春季的第一天。眞走運啊！有個男孩被瘋狗咬了，雖然在送往我們醫院的路上他就瘋了，從火車上往下跳，就這樣一命嗚呼。不過做爲我的第一個病人，說明我的實習將大有可爲。第二天又發生了一件叫人驚喜的事情：一匹馬咬傷了一名長工的耳朵，只剩下一點兒皮連在他頭上。我把它縫上了，後來竟然痊癒。這就是我開始實習的那個美好的春天……。」

「這我相信，」酒店老闆說，彎了一下腿，站立起來，走到水龍頭下，用涼水沖了幾秒鐘，又坐到木板上，一顆顆閃亮的水珠滴到地上……「我老伴兒那時候對我說：『別亂花錢，你要保證！』可我還是買了半車廂馬鈴薯堆在倉庫裏。然後到城裏去轉了一圈，能買什麼買什麼：豬肉、蘋果和魚。在巴德利，一個商人給我留了幾箱雜貨，我想買下來。主意倒不錯，但沒有錢，有個老兄借給了我二十萬克朗。」

「而我開頭的時候什麼也沒需要。你知道那是在奧地利的時候❷，我也那麼走運，娶了一個寡婦，給我帶來兩個孩子。」大夫沉思著說，彷彿是在敘述他仍在經歷的往事，「我們辦婚事

❷一九一八年以前，捷克屬奧匈帝國統治。

的那一天，眞是個令人高興的日子！禁獵官被獵槍打傷了，彈片打中了他的前額。我給他取出了一毫米大的彈片。葉德利奇卡教授親自向我表示祝賀。」

「那可眞是走運！我也是，在運動場主席臺下面，我很快得到了一個攤位，有電話，十捆雜貨。只可惜，雖然雄鷹體育協會的人到了，理想❸也有了，啤酒也有了，可老天爺就是不賞臉，陰冷陰冷的！」酒店老闆有點兒傷心，他顫抖著說：「到了第四天，我說，孩子他媽，我只賣了幾百公升啤酒，這對迪爾什那句名言可不大好，我們賣夾肉麵包吧！」老闆的臉上又容光煥發起來。「於是我租了一輛汽車，雇了十名女工削馬鈴薯，運來了幾個大麵包，在我們酒店擺了四張桌子，上面還裝上了切麵包機……就這樣開始幹了起來。」

大夫把雙手放在膝蓋上，對著太陽，瞇上眼睛說：「對我來說，天氣不成問題，因爲在奧地利，一切都要好一些。一九一三年復活節的時候已經遍地綠油油的。在大自然最美的時候，在一個白色的星期六❹，給我送來了一個女僕就診。從她的嘴裏竟然吐出了許多條蟲！我行醫多年從沒見過這種怪事。而在復活節鞭打姑娘的那一天❺，一個男孩吞下了一隻夜鶯。我吩咐

❸指「健康的精神寓於健全的體魄之中」。
❹即復活節那天。

給他吞麵包。第二天，孩子的父親來了。他高興地對我說，他的孩子又在對著這隻夜鶯吹口哨了。」

「這眞有意思，」酒店老闆說著，將身子挪到曬熱了的木板上，「我讓老婆將第一塊夾肉麵包送到機關去。那兒的人吃了都說好。我馬上用車運了幾千塊麵包到斯特拉霍夫運動場。有人犯嘀咕，擔心賣不掉，可我都賣掉了。叫賣的小夥計將鹹肉麵包一直送到雄鷹體育協會的成員正在排練的地方。一塊麵包賣七十哈萊士❻。這樣，我撈了不少錢，而他們的美好思想也更堅定了。同事們跑過來問：『能借給我們一箱鯖魚、一箱白鱈魚嗎？』我說：『那哪成？這樣就違背了雄鷹體協的「強者走在前面」的思想了！』」老闆蹺起雙腿，兩隻手扶在曬熱了的木板上，盯著大夫的臉孔，一字一句有力地說：「所有的麵包都是我自己賣出去的，我連數錢的時間都沒有。只能將一天賣麵包的錢用粘布一包，捆好，掛個牌，寫上日期。」酒店老闆翻了個身，仰臥著，摸摸前額，得意地笑了。

❺歐洲一些國家有這樣的風俗：復活節時，男孩用藤條鞭輕輕拍打女孩的屁股，女孩則需回贈彩蛋。

❻捷克最小的貨幣單位。一百個哈萊士等於一克朗。

「這可眞算大豐收。」大夫有點兒嫉妒他，然後用手背擦擦頭上的汗說：「在菲利普・雅各賓節⑦晚上，我也碰上類似的運氣：有個屠夫將腐爛了的牲口拖回去賣，結果使他自己染上了壞疽病。我給他治病，結果我自己也得了那種病。別的大夫反而羨慕我，因爲醫學報報導了我的事蹟。但這期間也有些不痛快的事：有一次，喪鐘響了，鎭長以爲是屠夫死了，便派辦事員帶了一口棺材去。屠夫手持刀子跑了出來，把棺材劈了，他自己嚇得匆忙跑到我的診所，弄得我後來幾個星期不敢露面。」大夫說著站了起來。他看到木板上有汗水，是別人躺過的，便躺到老闆旁邊一塊乾燥的木板上，接著往下說：「我也有過好運。一塊鐵屑飛進了鐵匠的眼睛。於是他總覺得眼前有一尊裸體女人像。我給他將鐵屑從眼睛裏取了出來，可是我連眼珠子也帶出來了。『可惜我再也看不到迷人的女人雕像了。』那個老實的男人當時唉聲歎氣地說。那天的天氣可眞好！下了一陣雨，一會兒又出太陽，還有一道彩虹。纏上繃帶的鐵匠就從我那兒走了……生活對我來說，總是那麼富有詩意。」

「我也是。那時候，幾乎每個生意人都罵雄鷹體育協會。我就說：『你們還算捷克人嗎？這麼做也不感到害臊！』因爲我是個愛國主義者。雄鷹體協辦了那場比賽之後，我們數錢算賬

⑦根據菲利普・雅各賓聖人的名字命名的一個宗教節日。

就花了整整三天。」酒店老闆興奮得跳起來，眼睛睜得老大，「我們關上大門，將枱布包一個一個打開又捆好。由於算賬點錢，我們累得發燒了，可我還接著算，算清楚了第四張桌子上的布包。我的天哪！這時我才意識到，迪爾什的思想雖沒什麼美的，但是很神，因爲幾張桌布包起來的錢都歸我所有了。我足足賺了八個布包的錢，有三十萬啦！」酒店老闆跪著打賭說，兩眼望著大夫，可是大夫再也沒有睜開眼睛。

單調無聊的下午

中午剛剛過去，一個年輕小夥子來到我們酒店。誰也不認識他，也不知道他是從哪兒來的。他一屁股坐到桌旁，靠近排氣機的下方。他要了三十根菸，一杯啤酒，隨後就打開書本，看書、喝啤酒、抽菸，他的指頭全熏黃了。他一直抽著、抽著，直到澆燙了手指。可他還在枱布上摸香菸，將菸頭點燃，繼續大口地吸著，不過他的目光一刻也沒有離開書本。

當時，誰也沒有注意他，因爲很快就要轉播足球賽了。酒館裏坐滿了球迷，個個都穿上節日的盛裝，人人都希望自己的球隊獲勝。他們的手都揷在兜裏，不停地聳聳肩膀，挺挺胸脯，彷彿他們的衣服不合身。在櫃檯旁站著喝酒的人正在熱烈地爭論著他們的球隊將以四比一還是五比一獲勝的問題。

接著，人們湧了出去，笑著走過街道。從遠處一望就明白，他們是去看球賽的。人們走到拐角處一座電影院那兒，還回頭向小酒館的玻璃門招招手。酒館裏面有兩個人向他們點頭致意。

一個是居巴老人，大夫不讓他看足球，因爲他在球場中過兩次風；另一個是酒店老闆，因爲他要經營酒店。球迷們轉身朝前走，手舞足蹈，爲自己的球隊鼓勁。他們的上方有一張海報，是該區電影院準備放映的電影，名叫《星期天不舉行葬禮》。如果從小酒店玻璃窗望去，就成了《星期天舉行葬禮》，因爲拐角處有座樓房，正好將「不」字擋住了。球迷們興高采烈地朝前走，每個人都堅信本隊必勝。他們經過我們的長街，已經走得很遠，看過去只是一個個小黑點了。

一輛電車從側面開過來……球迷們再一次回頭招手……隨後抄近路向車站奔去。三點鐘的時候，酒店老闆按了一下配電盤開關，一直在看書的那小夥子頭上的排氣機緩慢地轉動起來，紅色小燈泡亮了。老闆故意從高處灌啤酒，滴嗒的聲音弄得很響，可那小夥子繼續看他的書，甚至還發出了笑聲。老闆在他面前晃動著兩隻手，遮住他的書。那年輕人也只付之一笑。老闆說：「他不看別的，也不聽別的事，抽了十二根菸，我給他送了五杯啤酒。我眞想知道，他什麼時候到那門上寫著『男』字的地方去。這年輕人夠了不起的，不是嗎？」居巴老人坐在年輕人對面，他把手一擺，頭一搖，意思是：再說什麼也白搭。

進來一位顧客，誰也沒有注意他。那人是個小個子，背有點兒拱，灰白頭髮，手裏提著一個裝有酸白菜的飯盒。哪有星期天下午提一盒酸白菜的呀，你們說說看！小個子老頭要了啤酒，把盒子放在面前，大概是怕忘記帶走。他搓了搓手，透過玻璃門朝街上看。

居巴老人忍不住了，說：「了不起的年輕人？呸！咳，我倒想要看看，那個野小子讀的什麼書，八成是什麼黃色玩意兒吧……要不就是講兇殺的。肯定是用這樣那樣的外國手槍，或者步槍？眞是麻木不仁！大家都看足球，可這位少爺卻在看書，呸！」酒店老闆也厭惡地瞧了那青年人一眼。

事實上那是位相當漂亮的小夥子。他身上穿的那種毛衣是只有媽媽或者愛著他的姑娘才能織出來的，大概有幾公斤重。他脖子上圍著紅圍巾，很好看，有點像農村的樂師。他的圍巾上還打著小結，像巧克力糖紙上的小貓那樣。他低著頭，頭髮亮閃閃的，彷彿在油裏浸過一樣，瞧他似乎還蠻得意哩！

這時候，酒店老闆彎下腰來，半蹲著身子，抬頭仰視小夥子的面孔。他看了好大一會兒才站起來說：「你們扶我一下！這個無賴要哭了！」他說著，指了指讀書的人。可那小夥子仍舊抽他的菸，眼淚滴答嘀答地落在書上，像龍頭嘴滴出的啤酒聲，旁邊的人都能聽到。

居巴老人火了：「這可是個混賬東西，我們想著的是足球賽，他卻像牛一樣笨，像小姑娘一樣哭哭啼啼，呸！」說著往地上啐了一口。

帶著飯盒進來的顧客攤開手說：「是呀！就因為如今的青年沒有什麼理想。我在那個年紀，已經開始踢四號位了。著名中場球員麥爾茨在盧布爾雅那摔倒了，由科熱魯赫，有史以來最優秀的中場球員替代他。教練約翰・狄克對我說：『你在左邊踢內線！』我雖然是踢右翼的，代表四號踢第一場球時是在內線。有一回，狄克從遠道打來一個電報給我說：『你眞幸運，右翼在戈羅堅卡❶倒下了！』這樣我就又踢起右邊鋒來了。」

那位顧客看著居巴老人——我們小酒店的足球行家。居巴老人問道：「您知道吉米嗎？」顧客回答說：「您指的是和庫亨卡一起踢球的那個人吧？怎麼會不知道呢？不過吉米只是他的教名，他的全名是什麼？」

場面一下子寂靜下來，居巴老人驚得發呆了。顧客扮了一下鬼臉說：「您哪裡會知道呢？他的全名是吉米．奧塔維，英國人，是個出色的運動員。」居巴老人不服氣，又問：「那麼坎豪塞又是什麼人呢？」顧客很輕蔑地將手一擺，說：「您把坎豪塞攪進來幹什麼？他到一九二四年才進丙級隊哩！」

年輕人又摸了一支菸，用菸頭點著它，彈了一下發黃的手指，可能被燙了一下，但他還繼續看他的書。突然他咯咯大笑起來，像海鷗叫。居巴老人氣得跳起來，用拳頭在書旁邊猛擊一下，大聲吼道：「你這個小崽子！誰也不許這麼譏笑我！」他吼完之後又坐下了。小夥子看書看的那麼起勁，興奮得流起汗來。他擦了擦前額，又解開圍巾，把毛衣捲起來。他只愛看書，看得上勁了就不顧一切，甚至做出蠢事來，狠狠地敲了一下桌子。酒店老闆又端出一杯啤酒，

❶位於前蘇聯境內。

衝著他的耳朵喊道：「你這個野小子，這兒還有別人哩！別在這裏撒野，還是到外邊去鬧吧！」

但年輕人仍舊看他的書，仍舊打他的哈哈。他從老闆手裏接過啤酒，一飲而盡，感到愜意之極；同時依舊兩眼朝下，盯著他的書。老闆用手拍了他一下說：「一共六杯啤酒，二十一根菸。我們碰上這種年輕人，眞沒有法子！天哪！我的兒子要是這個模樣，我就狠狠敲掉他的下巴！」他一邊嚷，一邊指著自己，好像要去撕碎那年輕人的臉似的。接著他又說：「可從教育的角度看，你能這麼幹嗎？犯罪分子會把你引到警察那裏去的！」

酒店老闆關上排氣機，紅色小燈泡熄滅了。這個場面才宣告結束。

居巴老人轉過身來，不由衷地說：「先生，熟悉足球的人說，唯一能代表里亞爾俱樂部踢球的只有比坎，他正在走紅。」那顧客將酸白菜盒推開，大聲說：「哪兒的話！比坎還算不上什麼好中場球員，只有科熱魯赫才可以代表里亞爾俱樂部。這小夥子有集體踢球意識。爲什麼？因爲我同他一起踢過右翼。」顧客說著，將飯盒拉向自己，用手指夾了一把酸菜塞進嘴裏，大口地嚼起來。還請別人說：「吃吧！這玩意兒對健康有好處。」可是居巴老人不領情，好像他什麼都可以吃，就是不能吃酸白菜，一吃就要嘔吐。他坐在桌子的另一邊，顯得那麼矮小，可憐兮兮的。

一直在看書的年輕人，這時站了起來。誰也不會說他是條魁梧漢子。他手捧著書，姿勢很好看，好像一生沒有幹過別的事，就是捧著本書。他用文雅的動作移開椅子，站到酒店中間，還是看他的書。那一頁肯定很吸引人。接著，他朝酒店後面走去。那兒有個箭頭，加上兩個「00」字。他推開門，若無其事地朝前走，他似乎對這兒十分熟悉。他穿過從前的俱樂部。從前這兒有個櫃子，陳列著當時的隊旗獎盃。那時候，在郊區的球賽還相當棒。如今老闆在這個原來放陳列櫃的地方擺滿了礦泉水和啤酒箱。

「這個人眞怪！」老闆關上門，指著門那邊說。從以前的俱樂部那兒傳來了響聲，是瓶子相撞的聲音。老闆把門推開，好讓大夥兒都看到，那個年輕人撞著了空酒瓶，但他還在看書。他扶著門把，走進男廁所。老闆踮著腳走到廁所門前，將門推開一條小縫兒，朝裏面瞅了一眼就關上了。他穿過俱樂部，回到酒廳，搖了搖頭，無可奈何地說：「樣子眞難看，那笨蛋一邊撒尿，一邊還捧著書在看，嘴唇咬得緊緊的。這眞是稀奇事。我當了三十年的酒店老闆，可從來沒有見過這種事。我眞不明白，不明白。這一代年輕人將來還不知道會怎麼整我們哩！」老闆點點頭，說話像個算命先生。

居巴老人帶著懷疑的神情說：「您到底參加過國際比賽沒有？」那顧客說：「參加過好幾次哩！在斯德哥爾摩，人家可好好收拾了我一頓。我被壓在邊線，閉著眼睛往前衝，那個瑞典中場球員踢了我一腳。後來在醫院裏，有個女廚師對我說：『那簡直是閃電戰，連撞了三下。』不過我的腿沒有骨折，只是膝蓋受了點兒傷。幸好布拉格有這方面的專家，名叫約翰・馬登。」

年輕人從原來的俱樂部那兒回到了酒廳，他還在不停地看書、抽菸，吐出的煙霧像小提琴的譜號。他靠著門框，一隻皮鞋直立著，鞋尖頂著地板……隨後走到酒廳中間，皺起眉頭，書的內容使他大受驚嚇……他搖搖頭，擦了幾回眼淚，淚珠兒像冰雹一樣滴到居巴老人的手背上。居巴老人跳起來嚷道：「誰也不許在我這兒哭哭啼啼的！」小夥子搖搖頭，走開了，差點兒癱倒在桌子旁。

居巴老人瞪起兩眼對那位顧客進行反攻了：「是誰在什麼時候什麼地方聽說過約翰．馬登是治膝蓋的專家!?他不是斯拉維亞隊❷的教練嗎？」他說著，望了望正在賣東西的酒店老闆。那位顧客正準備將一撮酸菜往嘴裏送。他抬起頭，又將酸菜放進飯盒，回答說：「您知道的可眞不少。約翰．馬登是治踝骨的高手。布拉格所有芭蕾舞演員都去找他。人們送我去他那裏的時候，正好有位衣著漂亮的舞蹈演員在他那兒。馬登對我說：『不用害怕，我會把你的腿還原的。』說著，又給那個女演員按摩……這就是約翰．馬登。當然，他也是斯拉維亞隊的教練……」顧客說著，夾起一點兒酸白菜，歪著頭，往嘴裏塞去。

居巴老人，這位在我們小酒店公認的足球行家，這時候坐在那裏感到很尷尬，他摸了摸光禿的頭頂，好像有點兒可憐自己。他自言自語說：「不中用了，不中用了。」眞的，自從那位

❷捷克著名足球隊之一。

顧客來到之後，他便覺得自己越來越渺小了，連脖子也縮短了，兩個肩膀之間的腦袋也變矮了。

酒店老闆不想讓氣氛繼續緊張，按了一下抽氣機開關，小紅燈泡亮了起來，機器又轟隆隆響了。他說：「我眞想知道，這種人從哪兒弄到的錢。對我來說，五個克朗可就是一筆眞正的財富啊！」居巴老人說：「那傢伙反正會進勞改所的，你們看吧！整整一個下午，斯巴達隊❸在聯賽中爲保住名次而戰，可這位少爺卻在酒店裏鬼混，一根接一根地抽菸。看他這傢伙會有什麼好下場，蹲班房，說不定他還會殺害哪個什麼女攤販哩！」

年輕人叫喚起來：「咳！下流貨！」他繼續看他的書，抽他的菸，同時招了一下手，表示要結賬了。他還指了一下盤碟的邊緣❹。

老闆說：「你們看到了，聽到了吧？我已經害怕對他說什麼了……如果讓考門斯基看見，那就好了。」他點了點頭，結賬說：「十七克朗。」

年輕人從口袋裏掏出幾張紙幣，像那位顧客夾出酸白菜一樣。他憑感覺分辨出兩張十克朗，放在桌子上，那姿勢就像鋼琴家的手伸到鋼琴的低音部那樣。小夥子用手示意小費在內，不用

❸捷克著名足球隊。
❹在捷克酒館，每端上一杯啤酒便用鉛筆在碟子邊上劃一道以便計數。

找零了。剩下的錢，他捏成一團塞進了口袋。可是，老闆將三克朗紙幣放到他的書旁說：「這是給您找的零錢。我可不願意與犯事犯有什麼瓜葛。」

大夥兒看著年輕人先是掐滅菸灰缸裏的菸頭，十分認眞，像按門鈴一樣……接著從臺布上摸起一根菸，含在嘴裏，取出火柴……將三克朗點燃了，再借燒著的紙幣點燃香菸……繼續看他的書。他大口抽菸，同時揮動著燃燒的紙幣，直到感覺燙手了，才將那張像揉過的複寫紙一樣燒黑了的錢放進菸灰缸裏。他用食指支著腦袋，大拇指頂著額頭，有意裝得像一尊雕像。

老闆啐了一口，彎下身子，低聲說：「這種人什麼都瞧不起。聶姆佐娃❺的外祖母爲了一根羽毛，還要跨過籬笆去找，這個殺人犯卻燒著克朗來點菸抽！那錢肯定不是他掙來的。他大概多大年紀？二十一歲？可是……等他長到三十歲，會幹出什麼來？一定會燒掉整個酒店……。」

居巴老人又自討沒趣地說：「那個弗朗吉謝克・斯沃博達怎麼樣？」頭髮灰白的顧客像對小孩講故事一樣和氣地說：「啊，弗朗吉謝克？那是條好漢，像坦克一樣，但他還沒法和科熱魯赫相比。弗朗吉謝克是怎麼衝著札摩拉射進第二個球的，直到今天，札摩拉一回想起從邊線

❺捷克著名女作家（一八二〇—一八六二），代表作爲《外祖母》。

射來的那顆『炸彈』就氣得從床上跳起來。可是弗朗吉謝克喜歡挑戰。如果您經常看球，就會回憶起他和匈牙利人的那場惡戰。圖拉伊以粗野出名，札爾蒂身材高大，是個怒氣衝天的巨人……而斯沃博達那輛坦克，就在他們中間橫衝直撞。可是集體的踢球看不到了，這只有科熱魯赫清楚。爲什麼？因爲我和他一起踢過邊球……懂嗎？」灰白老頭問。他並不比居巴老人大多少。這時候，居巴對這些話已經不大在乎了。他舉著杯子，喝他的啤酒。

室外陽光明媚，右邊是藍色的影子，我們街左邊的樓頂在閃閃發光。那張變成了《星期天舉行葬禮》的電影廣告吸引著行人，是用霓虹燈打出來的，光怪陸離，彷彿孩子們用上百面鏡子在照著我們的酒店。後街有電車行駛，但乘客很少。附近的主要街道上行人川流不息。有大人、小孩，還有搖籃車。坐在抽氣機下面的那個小夥子站了起來。街上射進的光芒照著他的全身。他一邊看書，一邊摸著掛衣架，弄平他的袖子，姿勢很可笑，活像個稻草人，但他還在繼續看書。

那位顧客也結了賬，錢放在碟子旁邊，他拿起裝酸白菜的飯盒。居巴老人也站了起來，像搶救生圈一樣抓著飯盒，說：「您是不是想說，那次我們球隊踢得很差勁？」說著，搖搖飯盒。站在他對面的這位顧客也扶著飯盒，手還有點兒發抖，差點兒掙脫了居巴老人的手，說：「只要不耍花招就成。那時候，我只不過虛晃了兩下，全隊就嚷起來：『快傳球！要不然你星期天就別上場！有個波羅維奇卡，是個技術很高明的球員……但對全隊有什麼用？還有那個古切拉，了不起的球員！可那個葉利尼克也跟著亂嚷。按我的瞭解，憑良心說，像我在評委面前發誓說的那樣：踢得最好的球員，各個時期都算是最優秀的運動員，就數科熱魯赫……爲什麼？因爲我和他一道踢過右翼。」說著，他從那已經打不起精神來的居巴老人手裏奪過他的飯盒。

他朝街上一望，只見電影圖片櫥窗旁邊站著一位漂亮女人，像隻小貓，嘴裏含著東西在觀看圖片。那顧客被她吸引住了：「老兄，這才是眞正的女人哩！上帝啊！這麼棒的女人！她可能需要點什麼吧？當然，如今沒有任何男人，沒有任何男人懂得這種女人……這才叫眞正的女人啦！」他搖搖頭，從櫥窗旁那位女人的身上看到了他所嚮往的典型。那女人調轉頭來，徑直走到我們酒店門口。她拎著小提包，嘴裏嚼著糖果，那一身打扮像打靶場上的女主人。她站在玻璃門外，酒廳已經暗下來了。她轉了個身，顯露出她那美麗的曲線和身材。那位顧客說：「這就是我理想中的女人。」

顧客提著酸白菜走了出去，不知怎麼回事兒，竟然有點兒神魂顚倒，一直尾隨著那個女人。

年輕人弄平了第二隻袖子，將菸頭扔在地上，還用腳踩了一下，仍然兩手捧著書，然後騰出一隻手來推開玻璃門，走了出去，向右轉，讓玻璃門大敞著就走了。

酒店老闆說：「他一聲也沒吭。」說著，上前去關門，可是關不上。他走到酒店門外，對著小夥子的背後大喊了一聲：「你這個無賴！」然後，砰的一聲，將門關上了。

玻璃門嘩嚓地響著，老闆愣了一會兒，說：「居巴，我眞怕開門，沒有砸壞什麼吧！」居巴搖搖頭。

大夥兒都坐著，透過玻璃門往外看。街上有不少人在排隊買電影票。居巴老人透過彩色燈光瞅了瞅《星期天舉行葬禮》的海報，吐了一口唾沫說：「這張海報眞荒唐，但願它不要與我們的球隊有什麼不吉利的聯繫……」老闆已是非常的不耐煩，那位帶書的小夥子沒讓他賺什麼錢。他還得用刷子洗杯子，對著光瞧瞧看是不是洗乾淨了。他這樣做，只是爲了不想一眼就看到走到我們街上來的那些球迷。

居巴老人大聲嚷著：「他們已經過來了！」

第一個走到我們這條街的是胡里赫先生，其他的常客跟在他後面。所有的人都顯得個子矮小，衣服皺巴巴，彎腰弓背的精神不振。他們的衣服像挨雨淋濕了緊貼在身上。在《星期天不舉行葬禮》的海報下面，胡里赫先生摘下帽子，用它敲敲地面，其他人都在安慰他，想讓他高興點兒。他也許爲了讓大家看到他有多難受，就脫下外衣，將它扔到地上，站在上面蹦跳著。

居巴老人說：「我感到不大對勁，可能只踢了個平局。」他看到胡里赫先生要抓門把手，立即替他開了門。胡里赫一頭栽進酒店，身子晃了一下，就癱在椅子上了，一隻眼睛呆望著遠方。其他球迷走了進來，等著胡里赫先生說點什麼。他站起來，脫去上衣，往地板上一甩，就又坐到椅子上了。他說：「所有十一名隊員，沒有客氣可講，所有十一個人，統統下去！」他用手指著他所想的方向，「下到雅希莫夫⑥去！」

居巴老人走近玻璃門，朝外望了望。可他竟沒有看到，那個漂亮女人又回到我們這條街上來了，還不停地揮動著小提包……在她身後三公尺遠的地方，緊跟著那位踢過右翼的人。那人像在夢幻之中跟在她後面，手提著酸白菜飯盒，彷彿在尋找水源……一會兒，那個女人轉了彎，走進了電影院，手提飯盒的人也轉了彎跟著她進去……。

居巴老人佇立在玻璃門門口，雙手交叉在胸前，彷彿站在歧途上的耶穌。要是有人從旁邊打量他，就會發現老人的臉上正流著眼淚。可是，酒店老闆已在給人們上滋補提神的飲料了。

❻捷克西部一礦區城市名。

巴蒂斯貝克先生之死

幾乎一整個下午，還有晚間，他們一直躺在小汽車下面的布袋上，安裝後車彈簧。

「那彈簧怎麼會斷的呢？」父親生氣地問。

「怎麼會？我們是夜裏開車回家的。」貝賓大伯說著打開了車燈，「斯拉維克對我講：『大伯，反正我們白撿了一條命，這車交給你去開吧！』儘管我已年過七十，眼力不濟，可我還是開了。你知道嗎？我們只掉進溝裏一兩回。」

「以後什麼時候再把我的車借給你們吧！你要熟悉它！你們是不是經常乘坐斯科達牌的車？」

「不常，」貝賓大伯說：「剛好六次。可糟糕的是，行車當中，底座掉下來了，我們只好將它搬到車頂上，放到那張床上。」

「什麼床？」

「我們給一個屠夫運的床唄！可那個屠夫卻坐在車裏。」

「嗯，」父親不樂意地哼了一聲，「難怪車上有劃痕。看我以後什麼時候還把我的車借給你們用！」他大聲說著，將鑰匙往車裏一扔，乾燥的塵土一直濺到他的眼睛裏。但那是在摩托車大獎賽之前發生的事。他們很快換掉了斷裂的彈簧，在後車原來有座位的地方用鐵絲拴了幾把院子裏用的折疊椅。因爲五年以前父親就打算改裝斯科達四三〇號車了，準備將沙發椅去掉，安上座位。後來他同媽媽一起，想找個日子將所有東西都清洗一下，再往後背廂墊上幾張乾淨的紙，這樣一來，斯科達車就又會像個樣子了。

可是現在，每當我們開車去到一個什麼地方，就有人說：「怎麼搞的，你們那輛車總是沾滿泥土？是不是你們在保護國時期❶把它沈到易北河裏了？」父親聽了很不高興，因爲那是事實。還有人故作驚訝地問：「你們一家人待在車裏，像不像蹲在澡盆裏？」這是因爲我們把車裏的座位拆掉了。出去遊覽時就坐在裝黃油的箱子上。但這不過是暫時的，父親已經有個長遠計劃：在地平線上將出現一輛漂亮的軟座斯科達四三〇號！

爲了去觀看捷克斯洛伐克摩托車大獎賽，他們在車裏安裝了兩把座墊椅，後排還用鐵絲綁

❶指二次大戰中，德國法西斯佔領捷克時期。

上了一把院子裏的折疊椅。母親做了炸豬排，往一公升的醬油瓶裏灌了健胃飲料。午夜過後，全家便動身去布爾諾觀看摩托車比賽了。

在景色秀麗的田野上，我們吃完了炸豬排。父親睡著了，母親和大伯躺在樹林邊上，緊靠著去法里諾維的拐彎處。飲料瓶裏不時發出滋滋聲，是大家在觀看比賽時開瓶喝水。一二五公里比賽只剩下最後一圈了。吹號通告第一個騎來的是弗朗達・巴爾多什。他自信、沉著，幾乎是靠在他那輛OHC型車上。賽車路上，響聲隆隆，旁邊有二十五萬名觀衆在不停地歡呼。弗朗達看到人們鼓掌、揮動頭巾和帽子、高呼光榮光榮。他不緊張、不膽怯。他從來就不害怕，只是有點兒擔心熄火或者活塞卡住。他到達最後的拐彎處也不減小油門，只是踩著車朝前開。

貝賓大伯反正看不大清楚，乾脆聊起天來：「去年，我參觀了大主教的住址，那院子可是一片荒涼，到處是落葉，只有一個老太太坐在那兒削蘋果。死去的大主教科恩要是見到這情景，準會跑到老太太身邊去踢她一腳，問她爲什麼不打掃。那位大主教性情暴躁。他年輕的時候，勁頭十足，喜歡找女人。後來，大主教跟一名女廚師搬到了蒂羅爾②，爲了想更加靠近上帝。」

②位於奧地利，離羅馬更近一些。

母親和坐在輪椅上的一位先生在說說笑笑。這個人是由他的親戚在星期天晚上推到這兒來的。因爲到半夜的時候，公路已經封鎖，他回不去了。

大伯將一把椅子搬到輪椅前面，說：「這個地方，正像我有一回陪同一位文雅的美女經過的一個地方。那位姑娘名叫赫達。當時她對我說：『同我一道到墓地去走走吧！』我那時是最出色的美男子，像費比赫❸一樣陪著她，心裏有點不痛快。她卻圍著白圍巾，站在墓旁，像個女王。她對我說：『現在咱們來點兒浪漫的吧！』於是我同她一道沿著石板路走去。那兒就像波黑地區的下杜茲拉。赫達坐在岩石上說：『您一直在幹什麼？很久沒見到您了。我告訴她說我胸口疼，讓她以爲我在作詩。她將太陽帽放到一塊石頭上，仰面躺著，凝視天空。螞蟻爬到我身上。她說：『您知道嗎？我母親喜歡您，不到我們家去吃晚飯嗎？』我沒有回答，因爲她弟弟得了梅毒。赫達姑娘接著對我說：『我怎麼感到呼吸有點兒困難，大概該進墳墓了……』我對她的話一再表示贊同，並安慰她，說按照詩人的想法，世界上最美之物便是死去的美女。」

坐在輪椅上的男子看著母親的眼睛，激動地說：「眞可惜，太太，曼多利尼在訓練的時候臉受傷了，要不然他可以向巴爾多什示範，讓他看看該怎麼開車。」

❸費比赫（一八五〇—一九〇〇），捷克著名音樂家，著有愛情歌劇和交響詩等。

「得了吧！」我媽不以爲然地說：「依我看，巴爾多什先生照樣可以把曼多利尼撞倒。」

「太太，說什麼都可以，就是別說這個。但願曼多利尼別受傷。」那男子大聲說。

「那倒是。」母親喝著瓶裏的飲料。

「我們等著瞧吧，」殘疾人搖搖頭，「現在我們說的是三五〇號。太太，您會看到的，眞了不起！巴蒂斯貝克將會戰勝所有的選手，包括什加斯特尼！」

「那個巴蒂斯貝克是德國人嗎？」大伯問。

「德國人。」男子小聲回答，整理了一下他墊著的毯子。

「那他會贏的。因爲德國人都是些厲害傢伙。」大伯嚷著：「那個卡拉菲亞特博士是雄鷹隊的隊長。他還沒有結婚，像我一樣帥，戴副夾鼻眼鏡，思想很開放。有一回，他帶著我們去蘇赫多爾鎮練球，返回的時候，我們不得不經過一個名叫魯納肖夫的德國人住的村莊。半路上我問博士先生：『您爲什麼不結婚？』他對我說：『眞正的男子漢是大自然的點綴，就是說是個好樣的。這樣的男子永遠不會讓一個老太婆提著夜壺在他房間裏亂竄。』我們一邊聊著，一邊走過德國人的村子魯納肖夫，還唱著愛國歌曲。可是我們那些可愛的鄰居，已經手持棍棒，嚴陣以待。我們剛開始唱：『雄獅般的力量，雄鷹一樣飛翔……』那些傢伙就動手了，把卡拉菲亞特拉下了馬，還揍了我們一頓，大家只有乾瞪眼。博士先生的一隻眼睛被打腫了，鼻子被打歪了。我後來還去看望過他幾次。」

「巴蒂斯貝克心腸很好。」殘疾老人插進來說，用手杖在毯子上戳了一下。

「這麼說，您以爲什加斯特尼先生心腸不好？」母親瞪著兩眼問道。

「誰說他不好？好。可是什加斯特尼先生駕車的時候怒氣衝天，一個勁兒地叫嚷，連頭髮都豎起來了。」

「是的，先生。可怒氣算不了什麼，」大伯點點頭說：「本來應該登皇位的斐迪南❹也常愛發脾氣。那個高個子廢物，屁股像個老太婆，本應該像瑪利亞・特萊齊亞❺一樣，做皇帝的，可是他在王子打獵場碰見一位肩背柴火的老太太，竟在她背上點了一把火。還有一回，他揪住一個園丁的腦袋往牆上撞，原因不過是溫室裏的一個花盆被弄破了。」

「您聽見了吧，夫人？」殘疾人指著大伯說：「在五〇〇號車上，您會看到巴伐利亞人怎麼整弗朗吉謝克的。不論是克林格爾，還是克尼斯，都那麼幹。昨天下午，我在皮薩爾卡見到弗朗吉謝克躺在訓練室，他的五〇〇號車也停在那兒。我覺得他已經完了，他的一三〇號車不是曾經著火燒了嗎？不過一點兒也不假，弗朗吉謝克很會躺著裝蒜，我也不能冤枉他。夫人，

❹奧匈帝國的王儲，被人刺殺，成爲第一次世界大戰的導火線。

❺曾爲奧匈帝國女皇。

您知道，躺著也是一種藝術！當然，別人的身邊沒有車，沒有他那火爆脾氣的人用的車。車子一定要是那種將開車人弄得精疲力盡的，但什加斯特尼正好相反。他的膽量可是數一數二的，誰也沒法跟他比。我說，夫人，誰也沒法跟他比。」

「普謝米斯爾家族❻的人恰恰有這種勇氣，」大伯高興地說：「那些應徵入伍的人，將德國佬和他們的市長狠揍了一頓，把他們趕到啤酒廠，還在市長先生的脖子上扎了一刀做爲紀念。」

「這我聽了很開心，」殘疾人說：「誰能比我更瞭解，什麼是偉大的心？我只有一條腿了，還繼續開摩托車！但要是我的第二條腿也失去了呢？」

他說得很傷心，他抬起兩隻手，但不一會兒又扶在椅子的黑扶手上了。

「對不起……。」母親低聲說。

「這沒有什麼，夫人，還有叫人高興的事哩！我用摩托車後面的小拖車送我的弟弟，我的左腿已經鋸掉了，裝了假腿。我們開著開著，小拖車翻了。我的假腿正靠著小拖車的欄杆。一股慣性力將我的假腿、皮褲，還有我弟弟一起掀到了溝裏，我也倒了。可那隻假腿彈起來正好掉到趕集回來的兩個婦女面前，其中一個嚇得昏倒了。我可是一點兒事也沒有，還去撿我的假

❻傳說中捷克古代公國的開創者。

腿。正當我往上拿這條腿的時候，那位膽大一些的婦女也嚇得倒下了。我只有一條腿倒沒什麼過不去的，可現在……我感到很尷尬，很不好受……。」

他的眼睛望著別處，坐在輪椅上發呆。貝賓大伯安慰他說：「哈弗利切克❼和耶穌也一樣，儘管他們都是美男子，可是他們從來不笑。假如我要成了世界思潮的代表者，我就不能出洋相了。哈弗利切克有著鑽石一樣的腦袋，連教授們對他也稱讚不已。」

「好，」瘸腿的人說：「可我們別忘了，今天看的大獎賽也不是世界一級的。前年獲勝的是澳大利亞人坎姆貝爾，晚上在盧尙卡爲參賽者表演了音樂雜耍節目。我騎著那輛舊車去了，參加了那位澳大利亞人的研討會，還請別人將我的話翻譯給他聽。我當時說：『坎姆貝爾先生，您是怎樣同格奧爾基・杜克進行比賽的？』澳大利亞人回答說：『杜克是有史以來最優秀的選手，到現在爲止，澳大利亞人最好的成績也比杜克落後半個輪子的距離。』坎姆貝爾這麼說，摩托車比賽的車迷們都高呼著『杜克萬歲！』」

「這些人是這世界眞正的裝飾和代表。正像我的朋友，日姆斯基一樣！」貝賓大伯高興地說：「五十四歲的哈納人❽，佩戴綠色肩章，從來沒有誰敢對他挑剔，甚至不敢正面看他一眼。

❼捷克記者、詩人。寫詩抨擊專制主義和教會統治。

酒店裏坐著五十來人，當有一個人開始攻擊我時，我的朋友日姆斯基便把桌子砸碎，把吊燈扯了下來。不一會兒，周圍的一切都成了碎片。四名憲兵受傷，死在醫院。其他的人跳窗逃走。日姆斯基站在鋼盔上又踩又踢。只有一個捲進這事件裏面的女招待往我假腿上踢了一腳。警察帶領消防隊來到的時候，對著日姆斯基的眼睛噴水。直到這時他才昏倒在地。可是在牢房裏，他又怒氣衝天，把那條像拴公牛的鐵鏈鋸斷了，把門框也砸了，還把獄卒揍了一頓。」

「世界上還有這樣的事兒！」這個幾年前還帶著一條腿騎過摩托車的殘疾人士喊道。他接著說：「夥計們，想想看，要是那個大獎賽做爲世界錦標賽的一部分，那會怎麼樣？烏菲利八月份就會來到布爾諾，比爾・洛馬斯會開著古茲牌的車來，世界上的其他闖將，像約翰・賽蒂斯，阿姆斯特朗，可能還有杜克本人都會齊集布爾諾，那該有多光彩啊！」

「那會像大主教科恩光臨我們這裏一樣。」貝賓大伯斷言說：「他是出身猶太族的瓦拉赫❾人，頭髮像淺黃的亞麻，戴一副金框夾鼻眼鏡，手指上是價値幾百萬的戒指，臉上擦著宮廷用的香水，像夜總會的小妞那樣。腦袋上冒起氣來像火車頭一樣。」大伯深深地吸了一口氣說：

❽捷克摩拉維亞中部哈納地區的人。
❾位於斯洛伐克與摩拉維亞之間。

「那個主教到我們這兒來的時候，老太婆們想吻他的手，可是被神父推開了，怕她們弄髒了主教的袖子。可是大主教主動吻了城堡的各位小姐。大主教斯托揚也是個大善人，他給每個乞丐上酒，不管那些人能喝不能喝，還給每人一塊金幣。不過大主教鮑威爾的長相可難看哪！一臉的紅疙瘩，青筋直冒，叫人看了難受。可是在做最後那次塗油儀式時，眞怪，他的臉又好了。大主教普雷昌，又是一個好極了的大善人，他拉著我媽的手說：『上帝祝福您，老媽媽，不讓人欺負您。』還給了她一塊奧地利錢幣。因爲他喜歡那些老太太，認爲她們是教會的支柱。他講經佈道的時候，常愛說：『走進教堂的基督教徒，不要讓別人聞到酒味！』當然，所有的大主教又都是暴飲暴食的能手。那位普雷昌吃個小吃，一頓就能吃掉好幾隻鴿子。鮑威爾在午餐時吃了一頭小豬崽，喝了半桶啤酒。」

貝賓大伯說著說著，三百五十公里比賽已經開始了。可是首先到達法林諾維拐彎處的是弗朗吉謝克・什加斯特尼的亞瓦ＯＨＣ型摩托車。

「是那個圍紅圍巾的小夥子吧？」母親問。

「是的。」殘疾人說。第一批賽手的車響聲已經逼近村莊了。

母親扶著小白樺樹，伸著頭看車手們如何拐彎。當那紅圍巾像一條線似的從她眼前閃過時，她的心怦怦直跳。

「那個弗朗吉謝克騎車的姿勢怎麼樣？」她問。

「還是老樣子。」殘疾人說，眼睛卻望著別處，「我壓根兒就不奇怪，跑頭幾圈時，荷蘭人都吃驚了：難道他們是跟在一個瘋子後面跑？可是當觀衆看到弗朗吉謝克駕車的風格是那麼規範，便都高興地叫起來。不過做爲賽車手，我最欣賞的還是那位巴蒂斯貝克。」

「欣賞，欣賞，最主要的還是要看結果怎麼樣！」貝賓大伯說：「我們也和消防隊的水龍頭比賽過。那次是一座磨坊失火。磨坊的幾匹馬像發了瘋一樣。我們只好把水龍頭拖到著火的地方去。我們像騾馬一樣，全身汗淋淋地撲上去滅火。我用手抓著沉重的吸水龍頭，站在水池旁邊，按照操作規程等等。消防隊長吹號發出指令，可他吹的不過是鋼管。我聽著這聲音忘了將吸水龍頭放進水裏。消防隊員捅了我一下，龍頭沒有插進水裏，我自己倒掉到水裏去了。隊員們只好用長竿將我打撈起來，因爲我不會游泳。我爲什麼去消防隊那裏呢？因爲有位漂亮的姑娘要我去。她對我說，我使喚起斧頭和梯子來更帥一些。隨後我們又用長竿從水池裏撈起吸水器。可這時磨坊的一半已被燒掉。我們將水龍頭安裝好，隊員們開始吸水。由於過度疲勞，我又掉到水裏去了，攪到水底的一些鐵鉤上，加上消防隊的吸筒又打著了我的腦袋，我昏過去了。大夥兒不得不將我弄醒，可這時，整個磨坊已經燒成灰燼。消防隊長一個勁兒地罵我，說我讓他們到手的勝利都丟掉了。」

廣播裏說，巴蒂斯貝克正在車庫更換零件，希爾頓落在弗朗吉謝克·什加斯特尼後面整整一分鐘。但弗朗吉謝克按原來速度騎，兩人幾乎快靠在一起了。他在平坦的路上開得太猛，轉彎時車速還有一九〇公里，只是稍稍關小了一點兒油門，結果歪了幾下，觀衆沒有鼓掌，沒有歡呼，只是目瞪口呆：弗朗吉謝克怎麼像發瘋一樣地開車，大概是想報復吧？

「但願他的點火器沒出毛病就好。」母親歎了口氣說，喝了一口甜酒。

「巴蒂斯貝克太有自信了，我看他騎第一圈的時候，就感到他很驕傲。」殘疾人說。

「他總是那個樣子，」大伯說：「從前，有個神父給我上宗教課。他名叫茲博什爾，是普斯托麥爾鎮人，兩米高的大個子。有一天，他在學校提問：『什麼是聖三位一體⑩？』一個男孩回答說，聖三位一體就是聖母瑪利亞的姐妹。神父像抓小兎一樣地抓住那個男孩不停地推搡，還打傷了他的鼻子，揪著他的腦袋往黑板上撞。因爲那個時候，按照考門斯基的理論，學生不允許驕傲，學校不能沒有教鞭。」

「肯定已經超過了兩分鐘。」母親將瓶蓋蓋上的時候說。

弗朗吉謝克的摩托車已經開到了法林諾維拐彎處，他行駛得更加準確和大膽。他不是爲了表演給大家看，而是爲了自己。他認爲就該那麼駕駛，爲了開心，在生命的邊緣冒險。今天他可交了好運，他從每個動作中都感覺到了這一點。觀衆平靜下來了，都感受到他那麼自信，也

⑩三位一體是基督教基本信條之一，認爲上帝只有一個，但包括聖父、聖子、聖靈三個位格。

就不再擔心。弗朗吉謝克騎最後一圈時，觀衆不停地歡呼、揮手、拋手絹，用各種方式表達他們的熱情。車手到達終點時，坐著的人都站了起來。

二五〇公里比賽開始前有段休息時間。母親將一直睡在毯子上的父親叫醒了。「起來，快看看吧！我可眞愛看哪！眞精彩！」

父親喝了幾口飲料說：「有什麼好看的？摩托車嗎？要是汽車賽就美了！赫爾曼．朗格，魯道夫．卡拉西奧拉，駕駛塔西奧．努沃拉里牌的車，夥計，五立升的排氣量，三個排氣泵，那才値得一看哩！魯道夫．卡拉西奧拉說，他聽到排氣機的轟鳴聲時，他的生命才開始。對他這種說法，我一點兒也不覺得奇怪。」

坐在輪椅上的男子客氣地問：「先生，您認識卡拉西奧拉？」

「認識啊！」父親說：「他妻子舉行葬禮時，我就站在他身邊。他妻子是在阿爾卑斯山被雪崩壓死的。他這位冠軍一生都了不起。比賽獲勝之後，只喝一小杯香檳酒。」

「您見過什麼大型比賽嗎？」

「見過，」父親說：「您都不用提醒我！那次特里波里大獎賽，一隻狼狗跑過來，擋住了優秀車手瓦爾茲的路，這一下完了，瓦爾茲死了。」父親的敍述，就像在朗讀卡拉西奧拉的傳記一樣。「我還看到過蒙札⓫大獎賽的悲慘訓練。一位單人座的賽車手將汽油潑在路上。博爾札西尼和卡姆巴里的車打滑，兩人都摔死了。一小時以後，札爾科夫斯基上了這條路，也在這條潑了汽油的路上死掉了。他們都是從山崖掉進大海的。我當時坐在山崖下的一個小攤旁，屍體就擺在那裏。小攤販對我說：「連那些王牌選手也這樣躺在他那裏。」

「您認識博爾札西尼？」

「不認識，但我在旅館見過他開著鼓風機，把贏得的錢一拋，在飛動的紙幣下跳舞。」

「科尼克斯瓦特伯爵的兒子也是這麼個性格！」大伯嚷道：「老科尼克斯瓦特被皇上封爲伯爵。儘管他的祖父當時還拖著鞋在各個村子流浪，他本人卻住在城堡裏。他養了馬，馬棚裏還嵌著鏡子，說是馬一看到自己，吃起飼料來就會更有味。他的兒子娶了一個窮演員，兩人一起玩扔圈遊戲。他贏了很大一筆錢，老伯爵因此中了風。」

「這個故事眞有趣。但是，先生，照您看，最好的汽車是哪個牌子的？賓士？ＢＭＷ？還是愛快羅密歐？」

「依我看，最好的小汽車是斯科達四三〇⓬，」父親毫不猶豫地說：「那種車性能可靠、暖和、操作輕便。還有呢，您可以往裏面裝十公擔馬鈴薯。上個星期，這種車坐了十個人，車

⓫位於義大利。

⓬捷克產的小轎車。

頂上還載了個櫃子。」父親說著，朝一個方向望去，他大概以為那兒正停著斯科達車哩。

樹林中的揚聲器在廣播：「準備開始二五〇公里車賽。車道上沒有傳來消息以前，請大家拿起比賽日程，劃掉十八號，奧地利的奧頓伯魯格爾，在此人的名字上，塡上瑞典的安德森。他開的是諾爾通牌的車。請你們改好……注意！二十秒，十五秒，十秒，五秒，二五〇公里的車賽開始！」

隆隆的車聲傳過來，越來越響。

揚聲器又宣佈：「日別金消息：巴蒂斯貝克駕車的速度驚人，一馬當先。緊追在他後面的是卡斯尼爾，馬科斯體育隊的。緊跟在他之後的，是大家所喜愛的澳大利亞人布勞恩，他的頭盔上刻了隻袋鼠。參賽的車手們在平原上，正以兩百公里的速度你追我趕。」

首先到達法林諾維拐彎處的選手是漢斯．巴蒂斯貝克。他開車那麼迅猛，母親除了看到一道白光一閃而過，別的什麼也沒看見。布勞恩緊跟在後。卡斯尼爾幾乎同他並駕齊驅。他們的身後，只留下燃燒後的汽油混合味兒。

「漢斯．巴蒂斯貝克領先。但他那種駕駛我不欣賞，不欣賞。他開得那麼猛，好像將全部賭注都押上了！」殘疾人說，用手杖敲了一下假腿。

「事故是從來都少不了的，」大伯說：「從前，我們那兒搞演習，現在已經駕崩的皇帝陛下同他叔父阿爾布列赫特一起親臨現場。他叔父齜牙咧嘴的樣子很難看。演習完了，在教堂做彌撒。我可沒有去，因爲我當時在讀哈夫利切克⑬的書和一種畫報。突然，起了風暴，電閃雷鳴，擊中了教堂，管風琴也不響了，老太太們嚇得直往聖器室裏跑。可是神父卻用腿踢她們，罵教堂看門人不該讓那些老太太進去。但這位上帝的代表，嚇得只穿了一件襯衣。老太太們湧向祭壇，秩序亂糟糟的。她們以爲是天花板塌了。可是助祭還在那兒敲鐘，以驅走狂風暴雨。他將電線扯斷了，那些電線咻咻地響著，纏在老太太們頭上，她們一個個摔倒在地。」

揚聲器又在廣播：「漢斯・巴蒂斯貝克第一個通過維塞爾卡村，卡斯尼爾緊追在後，巴爾托什的車出了故障，退出了比賽。請工作人員注意：從日別津村到法林諾維拐彎處的廣播報告，側面風勢加大，有陣雨。」

「那就糟了。」輪椅上的男子歎氣說。第一批賽車開到附近的時候，他害怕朝前看。但他又忍不住要看，還是向前瞭望。只見朦朦朧朧的車隊開進了林區，彷彿再也見不著他們了。「這不是比賽，是折磨人的神經。」他說。

「比賽嘛，總是這樣的。」大伯安慰他說：「爲了我，兩位小姐泡在酒吧裡。一位名叫弗拉斯塔，她對我說：『要是愛我就來呀！』我告訴她說我胸口疼。她生氣地說：『你這頭公牛，

⑬捷克政治家，記者，作家。是爭取民族解放，反對奧地利專制的先鋒戰士。

想要我用酒瓶來砸你？』不過這還是個好兆頭，因爲那位弗拉斯達可會討男人的歡心。後來，進來幾個屠夫，我給他們耍了幾招特技，大家玩得很開心。可是醫生不得不去給弗拉斯塔看病，我則由警察用推車送回家，像運送一卷地毯一樣。」

「那第二位小姐呢？」

「她爲我而喝了李子酒。她是個好人，名叫茲登卡·瑪利科娃，在酒吧很讓我開心，龍騎兵軍官都爲她瘋狂。後來，她將我帶進房間，我教育她說：『莫扎特是超乎自然之上的。』瑪利科娃卻說：『別講那些廢話了，你只有像個男人那樣才能制伏我！』於是我們就躺下了。後來我眞想從窗口跳出去。可那是一樓，跳出去有什麼用？瑪利科娃在我身上磨來蹭去，還輕聲地對我說：我現在可以隨心所欲地幹點什麼了。當我啓發她說，當施特勞斯聽到莫扎特的樂曲《邱比特》時曾經說：『這使我很不舒服』時，瑪利特娃回答說：『我也因你而不舒服，你難道沒有看見我光著身子嗎？』我想開門逃之夭夭，可走廊上有隻狼狗叫了起來，我於是唱起了一首歌中的如下幾句：『你只屬於我呀，維奧利友……』我就這樣屈服於她了。」

這時候，賽車響聲隆隆。頭三輛車中有漢斯·巴蒂斯貝克。母親看到，那個賽車手還在回頭張望，想知道後面的賽車手離他有多遠。可是，他在潮濕的公路上打了滑，前輪失控，他那輛有著銀白色車罩的摩托車撞上電線杆，連人帶車一起掉進了溝裏。接著隆隆開過來的是卡斯內爾。他和前輛車一樣，快速進到法林諾維轉彎處。

廣播又響了：「年輕的協會會員們，給我們寫信表示要參加比賽的朋友們！報名吧！考驗一下你們的勇氣！試一試你們在國內比賽的運氣吧！……可我們從利斯科夫采得到的消息說，首先到達終點的是卡斯內爾。三號巴蒂斯貝克在什麼地方？」

「我已經料到了，我早就有預感！」輪椅上的人站起來說：「什麼倒楣事都讓我親自碰上：法林納就曾經死在我面前的那塊地方；比羅王子就是從我旁邊衝到觀眾當中去的。我說過，每次出事，我都在場。」

父親站了起來。

「別去那兒。」母親說。但父親還是跑進樹林，一直走上潮濕的田間小道，穿過公路下面的通道，走到公路的那一邊。巴蒂斯貝克先生就仰面躺在那裏。

「他摔下來的時候，頭正撞在樹樁上。」一位年輕人指著賽車手說。

父親很平靜。他跪到巴蒂斯貝克先生身旁，幫著護士取下他的頭盔。這可不大容易。精疲力盡的賽車手極力掙扎，彷彿要從他的軀體裏解脫出來。但這不過是臨死前的掙扎，不一會兒他就完全不行了，鮮血直流。

他輕聲說：「我求您……問候……⑭」

他的腦袋垂了下來，肌肉抽搐。當時太陽快要西落，他流淌出來的鮮血，如同閃光的紅寶石。

樹葉叢中的廣播宣佈說：「卡斯內爾剛通過維賽爾卡村，他後面是赫克，兩人騎的都是德國車。我國選手正奮力往前追趕。克維赫和科什蒂爾追上來了。親愛的觀衆，眞精彩呀！直升機像水面上的蜻蜓，緩緩上升，輕盈優美。可惜的是，無法從上往下將這樣的場面通過電視轉播出來。請觀衆不要靠近！直升機降落之前，還要撒傳單。大家別忘了：下星期日是航空節。」

父親看了看手錶。

一點四十八分。

大夫來了，捏了一下巴蒂斯貝克先生的手腕，俯身聽了聽他的胸部，然後站起來，面無表情地看了看。父親已經感覺到：沒有救了。

「他不知是誰的兒子哩！」大夫說著，拿起頭盔，放在摔壞了的車上。

卡斯內爾在公路上飛快地奔馳著。他肯定知道，而且也會判斷出：巴蒂斯貝克死了。爲了同伴的榮譽，他不能讓自己在駛進法林諾維拐彎處的時候那麼死氣沈沈的。他要大膽果斷，準確快速地駕駛，只要他的心臟、頭腦和摩托車允許，他要以最快的速度向前飛馳。

小護士用繃帶纏住巴蒂斯貝克的頭，纏了一層又一層，但還是滲出鮮紅的顏色。

⑭原爲德語。

廣播中不大清晰地說：「我們隨時等待著二五〇公里比賽的優勝者。是卡斯內爾，還是赫克？他們已經通過了科斯科維采鎮……直升機在我們這裏垂直上升，升到了五十公尺，一百公尺，紛紛撒下傳單。啊，是的，是卡斯內爾！第二名呢？是赫克！兩名賽車手騎著輕巧的摩托車，活像兩隻白色的天鵝，因爲車罩是白色的。」

母親告訴大伯，巴蒂斯貝克死了。貝賓大伯說：「眞遺憾，我已經不是年輕人了，要不然，我可以坐在那輛車上去給他指點。過去，我在世界上最精銳的部隊中服役，那時候，當兵的像小姐那樣穿著緊身馬甲。一位軍校學員把制服借給我，還有上了漆的腰帶。我的頭髮是捲曲的。攝影師克利奇在普羅斯傑約夫給我照了相。我的皮膚又白又嫩，像我的堂兄一樣。他是皇帝的侍從騎兵，身材魁梧、酒量不小，當時在那一帶算得上美男子了，體重一百公斤。他脫掉衣服的時候，像初雪一樣潔白。人們叫他美男子法尼內克。我的照片掛在普羅斯傑約夫城廣場的櫥窗裏，旁邊總是擠滿了姑娘。一位姑娘問另一位說：『你喜歡哪一個？』那位姑娘就指著櫥窗裏我的那張照片。當時，我正在姑娘身後。接著我就默默地回家了。」

大伯這麼嘮叨著，可是輪椅上的男子垂著腦袋，眼淚簌簌地滴到了地毯上……。

森林那邊，法林諾維拐彎處往前三百公尺的地方，有兩名勞動預備班的學徒剛剛醒來。他們是從霍木托夫城⑮騎摩托車來的，騎了整整一個夜晚，跟成千上萬的摩托車手一樣，是來觀看大獎賽的。天剛亮的時候，他們和其他許多人一樣，經過布爾諾，七點以後，到達比賽路線。他們爲巴爾多什獲勝而歡呼，也爲什加斯特尼的大膽駕駛而興高采烈。不過他們畢竟太累了，休息時躺在大衣下就睡著了，醒來的時候，有點驚訝。

「你，你終於醒了！」

「我？你說過只躺一會兒的。」

「是呀，我說過。你爲什麼一躺下就呼呼大睡起來了呢？」

「還說我，你也是隻瞌睡蟲呀！」

「那你就是睡美人。我們要是錯過了巴蒂斯貝克先生的車，那我非氣死不可。」

他們一邊爭論，一邊朝比賽路線跑去。他們攔住第一位觀衆問道：

「請問，二五〇公里比賽的車手們到了沒有？」

「到了。」

「誰是第一？」

「卡斯內爾。」

⑮拉於捷克北部。

「第二呢？」

「赫克。」

「第三名是誰？」

「科什蒂爾。」

「那巴蒂斯貝克在什麼地方？」

「在法林諾維拐彎處，是最後一個到達的。小夥子們，別上那兒去！」

這些從霍木托夫來的學徒們，爲的就是要看巴蒂斯貝克，因此，他們還是朝那兒跑去。他們穿過公路下的通道，然後看到：帆布下躺著一個人，旁邊停著斯波特·馬科斯牌摩托車。一輛米黃色的賓士牌小轎車靜悄悄地開了過來。早上，這輛小轎車停在摩拉維亞旅館前，還備受人們稱讚。這時，司機跳下了車，跑到溝裏，用兩個指頭摸了摸帆布，下面可能是蓋著的腦袋。司機拿起頭盔，看到樹樁上凝結的血痕。

揚聲器莊重宣佈：「卡斯內爾登上領獎臺，右邊是赫克，左邊是科什蒂爾。女少先隊員將鮮豔的紅領巾繫在他們的脖子上。在我們上空，直升飛機高高地飛翔，一直消失在太陽裏。請大家拿出比賽日程，劃去28號比爾·霍爾，英國人，在他那一行裏塡上庫爾蒂，匈牙利人，騎的是吉利拉摩托車。五〇〇公里比賽開始之前，請劃掉……」

「這麼說，巴蒂斯貝克先生眞的死了？」那學徒手足無措地說。

埃曼尼克

他不想回家，自言自語地說：「去喝杯咖啡吧！」天漸漸黑下來，不過他還能辨認出，跟跟蹌蹌走在前面的是老婦人吉科娃。

「晚安，夫人！」他問候說。

「該做什麼就做什麼去吧，埃曼❶！」

但埃曼尼克不讓步，又問道：「昨天您上哪兒去了，嗯？又在什麼地方和煙囪工人調情了吧？」

「是又怎麼樣？那小夥子很不錯。」

❶即埃曼尼克。

「您要知道，他可是個狂妄的傢伙！」

「埃曼，在大街上不要跟我胡扯，這兒的人都認識我哩！」

「您怎麼一下子又在乎起別人來了？我明白得很，要是您和煙囪工單獨在一塊兒時，可是會眼巴巴地盯著他的。」

「埃曼，人家在回頭看我們哩！」

「我瞭解您，您會隨他擺佈的！」

「才不會哩！」

「會的，現在我就看得見，您對那個煙囪工的肉體抱有邪惡的情欲。這在您身上已經表現出來了。」

「那又怎麼樣？」吉科娃太太的高興勁兒上來了。

「這我可就不能帶您去郊遊了。那郊遊是專爲我們倆安排的。」

「你這個豬玀，住嘴！」吉利娃太太氣沖沖地說。

「您，」埃曼尼克對著她的銀白捲髮說：「您會像青藤纏著亭子一樣纏著我的……」

「埃曼，有人！我又該在街坊中丟人現眼了。」

「管他呢！他們只會羨慕您還有人瞅著您那雙烏亮的眼睛，還有您那柔嫩的頸脖。」

「這些話你還是留著跟你媽說去吧！你還不如跟我講講那郊遊。」

「得我們兩人一塊兒去。用您那雪花石膏般的小腳踩進……」

「閉嘴！我的上帝！至少別這麼大喊大叫的。」

「然後就可以進入那甜蜜的夜晚……」

「放開我！你這小無賴，聽見沒有？」

「我放開您，可您得聽我說話。您知道，今天我又夢見了什麼嗎？」

「我可不想打聽，但我早就能看出來，一定又是什麼下流的事兒。你在帝國時期挨打破腦袋，難道還嫌不夠？」

「不是那麼回事兒，吉科娃太太。這一切只是出於對您的愛。我是夢見了您呀，好熱烈的夢啊……」

「我什麼也不想聽。」

「連那歡樂的養兎棚的夢也不聽嗎？」

「不聽！一公斤豬裏脊肉倒讓我更開心。」說著，吉科娃太太有點兒氣惱了。因爲她想到自己已退休兩年了。

「這麼說來，您這土耳其式的老太婆，加上小煙囪工，那才叫妙？那個傢伙才合您的口味？」

「是又怎麼樣？不過，埃曼尼克，你還是爲你那狗窩找個年輕的娘們兒吧！」

「您還不到五十歲哩！」

「多少？」吉科娃太太高興了。

「五十呀！」

「到一月份我就該六十二了。放開我，放開我的手！我要燒飯去了。等我見到你媽時，我要把這事兒都告訴她。」

「看她恰恰會相信您吧！」

埃曼尼克住手了。他知道，吉科娃太太這時候要去城郊，於是向她伸出手來，正經地道別說：「晚安，夫人！」

「晚安，下次見到我時你再送我吧！同你好好開開心，你這個小東西！我躺到床上還會要哈哈大笑一場的。」

她誠懇地拉著他的手，兩眼突然濕潤起來，不一會兒眼淚就撲簌地流了下來，踉踉蹌蹌沿著潺潺的小溪走去。

埃曼尼克橫過主要街道，穿過快餐食堂，沿著梯子向上走進了舞廳。儘管這兒已近城郊，一切同市中心一樣。他坐到酒吧的高椅上，靠著櫃檯說：「像往常一樣，來一杯甜酒和一杯蘇打水。可我看到什麼了？是她！爲什麼這樣愁眉苦臉的？」

「這您知道，埃曼尼克……」女招待唉聲歎氣地說，對著燈光倒蒸餾水。

「奧莉姆比婭……您有心病？」

「還能是什麼別的呢？我失敗了，埃曼尼克，全失敗了……他說願意自己一個人過。」

「他，一個人過？是嗎？」

「是的，一個人。他寫信給我說，我使他的世界變醜了，難道我就是那麼一個醜八怪？」

「原來是這樣！奧莉姆比婭，當我這麼看著你的時候，我該怎麼說呢？一句話，這麼漂亮的女招待，只有莫妮卡和芭芭拉可以比得上。這麼美的眼睛，我在哪兒都沒見過，您總像被一種什麼光芒照射著，那麼迷人……」

「可是您看，他卻說我使他的生活變醜了。但我理解他，他完全是另外一種人。他，約斯卡，有他自己的個性。」

「啊！什麼個性？」埃曼尼克問。可他自己又馬上作了回答：「這是一種人，總是堅持自己臆想的東西。可我從來不這樣，您是知道的。我們，二四年出生的人，眞他媽的該變一變。比如說第一幅畫，畫面上是被轟炸後的杜塞爾多夫❷，我們正從廢墟堆裏爬出來。一條柏油馬路，後面是城市廢墟。有個小孩穿著旱冰鞋，手提牛奶罐，從那裏溜出來。另一幅畫畫的是轟炸格利維茲❸。炸彈紛紛落下，我正從防空洞小窗口往外看。是在城郊，那兒有個馬戲團，獸

❷位於德國。

籠子被炸翻了。一頭獅子看見大鷹飛起來，就用爪子將籠門推開。八頭獅子跑進燃燒著的市區。我們被驅趕著去救援。烈火熊熊的街道，一頭名叫凱撒的最大的獅子，抓住了一個昏倒的女人，從被燃燒的樓房沿著梯子爬上最高一層，它的爪子抓著女人，站在窗口，整個的格維茲城正在下面燃燒。」

埃曼尼克拍了一下前額，說：「這兒還有成千上萬的畫面，因此，我也是個千變萬化的人，哪裡有什麼個性啊！」

「可是，埃曼尼克，我可總是老樣子，總是受同樣的苦。」

「爲他？」

「是的。埃曼尼克，您從來沒注意到，我不是一個時髦的女人。」

「您？奧莉姆比婭，你可以成爲一個時髦的女人。」

「可以，在每個指頭上都有一個男人？可是您知道那對我來說是一種侮辱嗎？我要是不那樣傳統地愛著約斯卡就好了，那我今天只會爲那封信流下一小杯眼淚。」

埃曼尼克撫摸著她的手背說：「好了……奧莉姆比婭……」

❸位於波蘭。

但姑娘哭得像個淚人說：「……他等著我去找個人談情說愛，然後他就來信說：『這就是你的愛情！』我已經看出來了，他只不過是在考驗我。但我能忍耐下去。我寧可閉門不出！」

「奧莉姆比婭，您，閉門不出的小姐？」埃曼尼克說著，想再次去撫摸她的手，但馬上又放棄了。一個高個子坐到了他的身旁。埃曼尼克立刻認出，他是承運人阿爾弗雷德·貝爾先生。

「先生要點什麼？」女招待問。

「羅姆酒！」那男人的聲音洪亮有力。

「阿爾弗雷德先生，您過得怎麼樣？」埃曼尼克問，同時望著奧莉姆比婭倒酒。

「我不喜歡這種生活。」貝爾先生抱怨說。女招待將羅姆酒擺在他面前。他伸手將酒杯抓住，像抓一隻小雞一樣。

「我也是這樣，阿爾弗雷德先生。」埃曼尼克說：「不過每個人都有他喜歡的東西，對吧？」

「我說過，如今的生活我一點兒也不喜歡！」高個子說著，將酒灌進嘴裏，砰的一聲把酒杯放在櫃檯上。他張開雙臂，看著手掌。他那雙手掌彷彿是兩幅亞洲山脈地形圖。

「奧莉姆比婭，您看，這樣的手，不是很好看嗎？」埃曼尼克說。當他注意到貝爾先生憂傷的眼神時，低聲說：「您知道嗎？我多想有您那樣一雙手啊？」

「幹什麼用？如今誰還承認……」承運人搖搖頭。

「幹嗎用？就是為了向人們表示，用這樣一雙手，我能將可愛的東西搬來運去啊！每個人畢竟有他所喜愛的東西……對吧？」

「埃曼尼克，你喜愛什麼？」貝爾先生豎起濃眉問。

「我喜愛鋼琴啊！但是已經不彈了。因爲我彈的曲子我並不喜歡，而我喜歡的曲子又不會彈。不過我想將鋼琴搬到維索昌尼❹我姐姐那兒去。她有個男孩，讓他去彈吧！但是，我私下對您說，阿爾弗雷德先生，我能將鋼琴托給我不認識的那些搬運公司老闆嗎？那可是稀有的喬治瓦爾德名牌鋼琴呀！」

「你這麼在乎你的東西？」貝爾先生精神一振，接著說：「我用自己這雙手幫你搬運鋼琴，但你一定得在現場看著，看我那雙手有多能幹！什麼時候我可以去你們那裏？」

「奧莉姆比婭，兩杯羅姆酒，算在我賬上！」埃曼尼克交代說。他想了一下，又說：「那就明天吧！四點鐘，我從克拉德諾❺下班後乘車來，四點一刻到。說定了？」

「就這麼說定了！」阿爾弗雷德大聲說，將埃曼尼克的手握在他那巨掌之中。「你會親眼看到，我會多麼小心謹愼地用我的雙手搬運你的鋼琴，我要用我的肩膀將它扛到街上去。」

❹布拉格的一個區。
❺位於布拉格西部的一座鋼鐵工業城。

我們喝完酒，承運人從椅子上站起來，幾乎自言自語地說：「每個人都有自己喜愛的東西……」

「每個人。」埃曼尼克笑了，望著阿爾弗雷德先生的後背，看著他一搖一晃地走過舞池。那兒沒有人跳舞，樂隊九點以後才開始演奏。

「埃曼尼克，」奧莉姆比婭喊道：「埃曼尼克，您受過良好的教育嘛！」

「嗯，在四重奏樂隊混過一段時間便離開了。」

「這不礙事，但您對周圍的事總是很清楚，而且有感情。約斯卡說起您的時候說，您內心有一隻繫在線上的雲雀……現在我想起來了，有一回，約斯卡從水裏撈起一篇用打字機寫的東西，對我說：『奧莉姆比婭，快來看，我的一個朋友寫的什麼，我給你唸唸！』我躺著，仰望天空，他給我朗讀了這樣一篇短篇小說……」

「什麼小說？」埃曼尼克問，將杯裏的酒一飲而盡。

「我記得有這麼一篇。」女招待對著杯子哈了一口氣，用抹布擦了一下，接著說，「裏面描寫戰爭結束時，德國人從奧拉寧堡❻拖走一火車集中營的婦女。美國人的飛機對火車頭進行掃

❻位於德國境內。

射。黨衛軍逃走了，婦女們也四處奔逃。其中兩名被彈片擊傷的婦女，慢慢地爬進了樹林，躲進雲杉樹洞裏，用松葉裹著身子。黨衛軍士兵們帶著警犬進入森林，但沒有發現她們。那些猶太婦女躲到第二天，本以爲會死在樹洞裏的。突然，她們聽到了捷克人的叫嚷聲，是從紅十字會來的小夥子們。他們將婦女們抬了出來，爲她們包紮好傷口，夜間，讓她們藏在營房的床底下。靠近前線的時候，人們都跑了。一位名叫貝比克的捷克人將那位受傷的猶太姑娘安放在小車上，一直將她拉到布諾西諾，藏在地下室裏，等部隊開拔了，貝比克又拖著那位猶太姑娘到達海迪……」

「奧莉姆比婭，寫得怎麼樣？好像寫的人和被寫的人都在講自己的親身經歷。」

「就像有人在敍述他經歷過的事情。我眞是一隻笨鵝。現在明白了，我怎麼沒有立即想起來呢？」她拍了一下自己的前額說：「他是自己寫自己呀！」

「肯定是他。」埃曼尼克笑著說，「我來給您把那篇小說說完，好嗎？貝比克將那位猶太姑娘一直拉到捷斯卡利巴❼，當地紅十字會救下了她。猶太姑娘後來一直等著那位英雄，等了四年啊！可是貝比克沒有來，她只好嫁人了。我現在結賬！」

❼位於捷克北部，離德國不遠。

埃曼尼克講完了，他對奧莉姆比婭已沒有再看一眼。

「埃曼尼克，您又怎麼啦？埃曼尼克！」她說著，拉住埃曼尼克的手。但他覺得，奧莉姆比婭這個舉動只是出於同情。眼看埃曼尼克就要脫口而出，說那個貝比克就是他自己，是他將猶太姑娘從霍伊爾斯韋德❽拉到捷斯卡利巴的。他將這一切都告訴約斯卡了。但當他望瞭望奧莉姆比婭小姐時，便想到，如果將這些事都講給她聽，她可能會更加傷心，於是他儘量快活地說：「您見到約斯卡，跟他談話時，請替我捎個好！」

埃曼尼克橫過走廊，下樓直奔一座快餐店，要了一杯果汁，坐到一位他從小在利布尼❾就認識的老婦人旁邊。

「老奶奶，您過得怎麼樣？」

「還好！」老婦人說，「今天的湯，味道不錯，就是燙了一點兒。埃曼尼克，你怎麼樣，還上克拉德諾去嗎？」

「一直去著哩，老奶奶！」

❽位於德國東北部。
❾布拉格的一個區。

「你們現在在什麼地方吃飯？」

「喲，還不是在工廠食堂！」

「也去別的地方吧？菜怎麼樣？」

「老奶奶，星期一是波爾迪⑩湯，煎油餅，還有巧克力餅。星期二喝合作社的湯，維也納牛肺，再加上饅頭片。」

「啊，這麼說總算有點改善了。你知道，從前我可吃不上這些玩意兒。我養了七個孩子，要照看他們，還要抽時間給那些死人擦身。」

「是嗎，老奶奶，我還不知道哩！」

「是的，孩子們都快要餓死了，過去就是這個樣子，總是擔驚受怕，不知道會要出什麼事。那星期三你們吃什麼呢？」

「牛舌，加點兒波蘭的調味汁。星期四吃埃斯特哈茲公爵碎肉。星期五喝大家喜愛的家用咖啡，吃捷克甜麵包。老奶奶，您不害怕那些死人嗎？」

「啊，孩子，從年輕時候起，我就不害怕世上的任何東西。伸手不見五指的黑夜，我拿著

⑩克拉德諾鋼鐵廠的名稱。

一把斧子到處跑。那時候有強盜出沒。有一回，我可受了驚。村那邊，一個孤老太太死了，凍得硬梆梆。我們去了，將棺材放在長凳上。一個叫什麼弗朗達的機關職員，將死人的被子揭開，說：『姑娘，快去給我把斧頭拿來！』我正要往外走，我們的頭頭騎著自行車來了。我從木箱裏拿出斧頭，我們頭頭突然嚇得跑了出來，大聲嚷嚷說：『她站起來了！』說著撒腿就往田裏跑……我手握斧頭，它能給我壯壯膽。我走去，手裏還緊握著斧頭，可心裏怕得要命……可你們星期六吃什麼？」

「肉末馬鈴薯，林茨⓫肉片，可是，老奶奶……」

「還有湯呢？埃曼尼克，喝什麼湯？」

「牛肚湯。可是老奶奶，後來怎麼樣了？」

「後來我就進去了。我們的弗朗達彎腰俯向床頭，按著死者的膝蓋。她好像要站起來的樣子。」

「那您呢，老奶奶？」

「我一個勁兒地喊著。弗朗達轉過身來，將我推出門外。可我還一直握著斧頭，也好給自

⓫奧地利北部一城市。

己壯壯膽。」

「老奶奶，您眞算得一條好漢。」

「人們也這樣誇我。星期天在班上吃什麼？」

「什麼時候，老奶奶？啊，星期天啊！通常喝點兒稀粥，吃巴黎炸豬排……可是，老奶奶……」

「喝什麼湯？」

「細麵條湯，味道鮮美，裏面還有幾片肉。……喝吧，老奶奶，您的湯快涼了！」

「你們看，細麵條湯？這我可愛喝，裏面還漂著幾片肉吧？」

「有幾塊肉。」

「你是饞我吧，埃曼尼克？」

「哪兒的話！是有幾塊肉……」

「好，我相信你。……當時，我走到床邊，看著死人的臉。她像在搖籃裏一樣，兩條腿彎著。一個凍死的孤寡老人往往是這個樣子。你睡著了，縮成一團的時候，誰能將你拉直呀？我要是凍死了，不也會是這個樣子嗎？也不會有人將我拉直的。我也是孤孤單單一個人呀……」

「可是，老奶奶，您身邊總會有人的。您說過，您有七個孩子。」

「是有過，可已經誰也不來搭理我了。」

「您知道嗎?老奶奶，我去跟我媽媽講一聲，她時不時會來看您的。」

「好，埃曼尼克，你眞好!同我待在一塊兒，給我講吃的東西。你知道，生活中教給我的事，書上是寫不來的。是的，我瞭解你，你是個淘氣鬼，可你至少還有點兒喜歡人們……你媽媽會來看我嗎?」

「我告訴她，老奶奶。我保證，一定告訴她。晚安!」

「晚安……」老婦人低聲說，慢慢地喝起湯來。

天使般的眼睛

他問一位年輕的女售貨員：「老闆在什麼地方？」她用纖細的指頭指著門那兒說：「老闆娘在院子裏，老闆可能在麵包坊……可您是誰呀？」他回答說：「我是保險公司的代表。」

顧客們走進麵包店，姑娘問他們想買什麼。他們買了圓麵包、半月形麵包和大粗麵包。接著，又走進來一些顧客，售貨員再用纖細的手指頭指著門說：「老闆娘在院子裏，老闆在麵包坊。」

保險公司的代表走上過道，聞到了烤爐中散發出來的香甜味道。他停在窗前，往院子裏望了望。蘋果樹下有個赤腳女人在走動。她彎下腰，從熟蘋果堆裏挑出幾個最好看的裝進了圍兜口袋，十分敏捷地用圍兜將一個蘋果擦乾淨，看了看，就張口咬那甜絲絲的蘋果了……站在過道上就能聽見她津津有味地啃蘋果的清脆聲。隨後，她若有所思地踏著落葉和閃爍著露珠的草地，慢慢地朝著垂柳走去，摘下幾根小枝，瞭望坐在輪椅上的老人。他全身裹著毯子，以一種正在朝前飛行的鳥的神情在看一本固定在樂譜架上的大書。那女人走到柳樹下，給他翻了一頁書，用曬衣夾把書頁夾住，免得被風吹動。她撫摸了一下老人，給他理了理毯子……老人露出了天眞的笑容，繼續看他的書。那女人撥開樹枝，走過潮濕的草地。等她走到窗口那兒時，她的兩隻腳都已經通紅了。

她走進走廊，來到保險公司代表跟前，瞧了一眼剛拿的蘋果，又津津有味地咬起來，邊啃邊用疑惑的眼光看著他。

保險公司的代表說，他名叫卡雷爾·魯日奇卡，還說，麵包坊的師傅貝朗尼克先生首先向工商基金會交了申請書，但後來又寄去一封信，說他不願意作會員，要求把錢退還給他。這代表問老闆娘的意見如何。

老闆娘切掉蘋果蒂，從灶臺上拿起一個紙袋放到窗臺上，取出鉛筆，在紙袋上寫著算著，然後說：「我那一口子准是發瘋了。如果說他在這世界上活不到九十歲，至少我是可以活到的，像我爸爸一樣。」她說著，指了指窗口外坐在輪椅上的老人，「這樣，在保險公司，到七五年我就可以賺回五萬啦！」她拿起鉛筆，在她算在紙袋上的數字中間劃上個道道，還把紙袋鋪在門上看了看，聳了聳肩膀說：「可我那一口子不願意幹。他總有點理由。年輕的時候，有一回將我叫醒，大聲嚷道：『在我之前，你跟誰相好過？』對我進行盤問。這回又把我弄醒，揮動著那份申請表，大喊大叫說：『讓那個長著天使般眼睛的保險公司的人到這裏來吧！看他會有什麼下場！』說著，他將拳頭往床沿上一捶，弄得關節都出血了……可是又有什麼法子呢？」她說著，將剛剛寫了數字的麵粉紙袋揉成一團，拿出蘋果，在她那豐滿的乳房上蹭了一下，放在眼底下看了看，又興致勃勃地啃起來。

「您父親在那兒看的什麼書？」他問。

「幽默雜誌。」她說話的時候，牙齒上露出吃蘋果的白沫，「他癱瘓了，能幹什麼呢？得病以前，是擺小攤的，出售享有專利的穿針器。您沒聽說過？也沒見過？果眞沒有？」麵包坊老板娘感到驚訝，「得了吧！」她以老闆娘的口氣說：「我母親打田裏回來，就想縫縫補補，可她視力不行，手顫抖，穿針的時候，穿呀穿呀，總也穿不進去。爲什麼？因爲沒有我們的專利穿針器，女士們，先生們，世界上這個小玩意兒，我在巴黎賣五克朗一個，但今天每人只花兩克朗就能買一個，還額外奉送黑白線各一大卷……再加上一打針，讓如今的每一個買家都能……。」

她一邊講，一邊從近處直視著保險公司代表的眼睛。保險公司代表感到了她呼出的蘋果白沫那潮濕而甜絲絲的香味。他意識到，老闆娘正在看他，就像他剛才看她啃蘋果時一樣。「您眞的從來沒有聽說過？」她問。

「沒有。」他呼了一口氣，笑著說：「可您的腳不冷嗎？這麼赤著腳站在磚地上……。」

「從來不感到冷……我還感到熱哩！我心裏一直熱呼呼的。」

她說著，低頭挨近保險公司代表的嘴唇。他看到她那雙漂亮的眼睛，充滿著健康的情欲。老板娘吻了他好大一會兒。她的嘴唇冰涼，帶有蘋果味兒。

隨後，什麼地方響起了開門的聲音，她嚇了一跳，急忙走開，光著腳在磚地上走得吱吱的響。她仔細聽了一下，然後笑著說：「您的眼睛眞美！」她搬來一隻藤筐，往裏面裝大麵包。她說：「要是您什麼時候也像我想念您一樣地想念我，那該有多好啊！您知道我住在什麼地方。」她毫不費力地搬起沉重的筐子，用下巴指了一下走廊盡頭的門說：「我那一口子在那兒睡覺……。」最後，她用她那美麗的雙眼瞟了一下保險公司代表，屁股一扭，朝通往小鋪子的那扇門走去，飛快溜進了賣貨的地方。

保險公司代表佇立了片刻，聽了聽動靜，望瞭望柳樹下看幽默刊物的老人，然後開門走進作坊。

這兒很安靜。牆邊上的火爐正烤著麵包。麵包師俯臥在一張單人床上，身上只穿了一條內褲，一隻手放在枕頭上，彷彿在進行自由式游泳。地上擺著拖鞋，沾滿了乾麵渣兒。保險公司代表俯下身去，搖晃那正在睡覺的人。那人坐起來，打了個哈欠，伸了一下懶腰，骨骼吱吱作響。

「您是貝朗尼克師傅嗎？」保險公司的人問。

可是麵包師翻了個身，又睡著了。

保險公司代表又搖動他說：「師傅，您給我們寫過一封信，開頭的稱呼是：尊敬的無賴們……對嗎？」

師傅從床上一躍而起，將保險公司代表推到亮處，用巨大的手掌抓住他的腦袋，直瞪著他，好像要啃他一口似的……一會兒，他大聲吼道：「這不是他！」麵包師對著天花板嚷道：「那個長著天使般眼睛的豬玀在哪裡？」

「什麼？」保險公司代表嚇住了，用手抓住自己的襯衣領子。

「咳，咳！」身穿內褲的師傅在作坊裏跳來跳去，「我有一條原則：只要保險公司的人一進屋，我馬上給他臉上搗一拳頭，我就用這個辦法來往那騙人的可恥的文件上簽字。要我用買木柴的錢來支付保險金？辦不到！」爲了證實他的話，他往保險公司代表額頭上打了一拳，打得他兩眼直冒金星。麵包師還說：「可惜他那藍色的眼睛！那蠢豬還來問我：師傅，等您退休了，要小房子？還是要別墅作爲獎賞？師傅，您作爲退休人員，有一個月的免費旅遊，是去海濱？還是去山裏？而我，這頭笨牛卻說，寧可要小房子，去山裏！」師傅大聲說著，又給了那代表一拳，使他自己倒在了床上。他又說：「我要在那招人喜歡的烏雲下面，一直待到傍晚，再去打開我那小房子的門，用望遠鏡望大山……到夜裏，就去讀你們的那些規章。讀完了，就躺到這兒來。」說著，他指了指小床，又「唰」地一下站起來，抓住保險公司代表的袖子，將他拖到牆根。牆上有用手指摳的數目字。他用手指著數字大聲吼道：「你們糊弄了我，我恨不得掐死你們，我得花五萬克朗去買回這好幾年，可是……可是有什麼用？要我寫申請書的那個長著天使般眼睛的豬玀，沒對我說有什麼用。」麵包師傅像貓一樣叫著，而手垂在地上。

後來，他的目光掃了一下作坊，說：「你知道，等那個藍眼睛野雜種來了，我會怎樣收拾他嗎？」麵包師四下裏看了一眼：木棍、粗劈柴、掏爐渣的鉤子，他都看不上，卻看中了爐渣上的一把鐵鍬。

他狠狠拿起鐵鍬，跑到作坊盡頭，用手平握著，又跑向爐邊的牆壁，使勁將鐵鍬紮進牆裏。他用力那麼猛，倒使自己跌倒在地。可他卻滿意地說：「我就要這樣，用鐵鍬直捅他的豬嘴！好好懲罰他！」麵包師就這樣用動作表示，他將怎樣用鐵鍬來處置那位長著天使般眼睛的保險公司代表。在他想要站起來之前，用四肢撐著地面待了一會兒，繼續勾畫完這一畫面：「憲兵押著我進牢房，而保險公司代表被徑直送往太平間。」他從地上站起來，坐到床上，用雙手捂著臉。

保險公司代表擦了擦汗，氣呼呼地說：「這眞是太可怕了！怪不得經理部把我派到這兒來。師傅，請把那張申請表給我，我想知道是誰給您塡寫的。」

麵包師傅掀開枕頭墊，下面有個裝滿了各式各樣證明的手提包。他將申請表抽出來，遞給他。

保險公司代表打開表格看了一下，說：「啊！是克拉胡利克先生！貝朗尼克師傅，把手伸給我吧！伸給我！好，我和其他工作人員一樣，跟您打個賭，看您要什麼。克拉胡利克先生不僅會被整，而且將被送交檢察機關。他怎麼能這麼做呢？」保險公司代表很生氣，接著說：「我知道，克拉胡利克先生沒有對您說明，對小業主的退休金，國家有補貼。他壓根兒就沒有對您講過地區和縣裏的補貼吧？」

「沒有，沒有……。」麵包師小聲說。

「您瞧見了吧！」保險公司代表說，同時握住貝朗尼克先生的手，「他肯定沒有告訴您，貝奈什總統先生[1]喜歡所有的小業主，所以想方設法幫助他們，把國有化工業收入的一部分轉作你們的退休金。現在是一九四七年，這就是說，十年以後，您的退休金可以增加一倍……這些他都沒有給您講吧？」

「他沒講。」麵包師嘶啞地說。

「他眞是一條該死的狗！」保險公司代表舉起手指像發誓一樣地說：「這可是保險業中的一場革命啊！花上好幾百萬幹什麼？還不就是讓年輕的小業主爲年老的小業主付養老金嗎！貝朗尼克先生，我將在社會福利部爲您幫個忙，讓全部事情順利解決。您把一切都掂量一下，您

[1] 貝奈什（一八八四—一九四八），捷克斯洛伐克共和國第二任總統。

現在什麼費也不要付。就這樣吧！」保險公司代表從皮包裏拿出印章和印臺，並在印章上哈了一口氣，輕輕地放在印臺上……在信紙的空白處，緊挨著「尊敬的無賴們……」這個稱呼的地方，蓋了一個章，並寫了一句：「我將妥爲辦理。」

他將鉛筆遞給麵包師，以命令的口氣指出他該在什麼地方簽名。

他小心翼翼地把信摺好，說：「您就等上面的消息吧！您知道，貝朗尼克先生，如果一下子把您的名字劃掉，您可就沒戲了。即使您在我們的大門口跪著請求，我們也不能受理呀！不是我們不願辦，而是不能辦。只有部長親自特許，才有可能。這可是些很好的烤麵包啊！」

保險公司代表低頭看了看筐子說。

「打開您的皮包。」麵包師傅說著，給他塞了一些烤麵包到裏面。

他們告別的時候，互相對視了好久。

在走廊上，保險公司代表鬆了一口氣，將皮包放在窗臺上，用兩手支撐著。他朝院子裏看了一眼。草地上的蘋果沾滿了露珠。老闆娘跑過濕潤的草地，撥開柳樹枝椏，又給老父親翻過一頁幽默雜誌，用曬衣服的夾子固定著，免得被風吹動。

作坊裏有人歎了一口氣。

保險公司代表踮著腳尖走到門前，把門打開一條縫，看到烤麵包師傅正坐在單人床上，手撚著小鬍子，搖搖頭，接著大聲說：「那個小夥子居然也有一雙天使般的眼睛！」他跑到牆根那兒，用鐵鍬在一堆碎草上亂打一氣。

保險公司代表跑進一家小鋪店。在他推開店門之前，還聽到麵包師傅貝朗尼克先生在走廊上大聲嚷道：「等我去布拉格時，要帶上一把大匕首！」

麵包師傅朝前看了看是不是有電車開過來。他走到軌道上，想看清楚樓房號碼。「是這兒！」他滿意地說著，朝樓裏走去。牆上有塊牌子上寫著：小業主保險公司，五樓。電梯門口還掛著一塊牌子，上面寫著：電梯停止運行。

貝朗尼克樂了：「他們知道我要來，這樣好讓我受點累。可我能像天使那樣，哪怕飛上二十層樓也不在乎。我有的是力氣，到了那裏，我要用這把大匕首刺殺掉所有的人！」

他一步爬兩級樓梯。

爬到第四層的時候，他稍微停了一會兒。樓梯上坐著兩位大叔，正用毛巾在擦汗。他們流的汗可真不少。「也是小業主？」麵包師大聲說。他們點點頭。其中一位問道：「您是怎麼看出來的？」麵包師貝朗尼克說：「從受苦的臉上唄……等你們進去，聽到吵嚷的聲音，那就是我，是我正在揍他們！」他舉起棍子朝樓上威脅了一下。接著又一步兩級地往上爬去。

他闖進辦公室，用手撚撚鬍鬚，劈頭就問：「經理在哪兒？」

一位青年辦事員正在切粗根兒血香腸。他打開抽屜，將切好的血腸放進裏面，又開始切洋蔥。他揉了揉眼睛說：「我馬上去報告。您有什麼問題？」麵包師大聲說：「我買木材的錢被你們保險公司的一個傢伙騙來了！」他把棍子當做證據似的狠狠地敲了一下桌子。

年輕人正被洋蔥味兒刺激得眼淚直流，他搓了搓手，像盲人一樣摸摸桌子。然後說：「您差點兒把我的胡椒瓶打碎了。」他將切好的洋蔥放進抽屜裏，往粗血腸上撒了些胡椒麵，還俯身看了看，直到全部裝進抽屜爲止。他又拿起醋瓶，輕輕地倒了一點兒醋進去。「您的醋都流出來了！」麵包師傅貝朗尼克說。「哪兒的話，」年輕人笑著說：「那抽屜底兒是洋鐵皮的。」說著，來回走動了幾步，將抽屜搖了一搖說：「必須攪拌一下……可您說有什麼事來著？」

「跟經理談話！」貝朗尼克先生說。

「馬上安排，」年輕人說著，打開折疊刀，叉起一塊血腸子，津津有味地吃起來。他滿嘴塞著食物，手指比劃地說：「這是大血腸。我在抽屜上寫著：肉類。這兒寫的是：烤麵食。裏面裝的是麵包。這一格寫的是：娛樂。有我看的書、口琴……而這一個抽屜上則標著：荒唐無用之物。裏面塞著公文之類。不錯吧？」

他站起來問道：「您剛才說過有什麼要求，是嗎？」麵包師傅小聲回答說：「想跟經理先生談話。」說著，把棍子放到牆角，辦事員走進一扇鑲了金屬片的門。回來之後，先用小刀切了一片血腸，然後用刀子指著門說：「他在那兒等您。」

辦公桌上方垂著棕櫚樹葉，一個胖子坐在桌旁。他表情和善，臉上流露出心滿意足的幸福感……彷彿專門在等著麵包師傅的光臨。他指了指椅子，歡迎麵包師傅說：「請進來，熱烈歡迎您！」但貝朗尼克先生沒有入座。經理和顏悅色地說：

「怎麼回事？您生我們的氣了？給我們爲難？難道我們做了對不起您的事？」貝朗尼克麵包師望瞭望寬大的棕櫚樹葉，它像一把遮在經理頭上的大傘。麵包師說到，有位美男子如何去到他那裏，用藍色的眼睛吸引住他；他怎樣在申請表上簽了字，一切好像做夢一樣；後來他又如何看了申請書背面上的說明，並且馬上寫了一封信，信的開頭是：『尊敬的無賴們，流氓和殺人犯們……』後來，保險公司的另一位代表又如何去到他的麵包坊，說那人也有一雙天使般的藍眼睛。他說這位代表說服了他，並答應他將整個事情辦妥並保證平安無事。但他不願意要這個平安無事。「我要求把錢退還給我，因爲我要買櫸樹木材。」麵包師大聲說。

經理微笑著點點頭，說：「可是，我的上帝，這樣我們就得廢除協議呀……不過小業主退休保險的特點是自願……」他站起來，轉身去查找卡片，終於找到了他所要的，然後，他帶著蔑視的神情將整個文件夾扔在桌上，坐下來嚴厲地說：「尊敬的貝朗尼克先生，您不信任我們……這叫我們極爲痛心；但是，有什麼辦法呢？我們把您的名字劃掉吧！當然，按我們的規定，我有義務提醒您：您放棄了一個大好機遇。因爲，假如讓您遇上那些倒楣事，怎麼辦？」經理站起來，指著牆上鏡框裏一幅大圖片說：「過來，過來，您看看！」經理輕輕地敲著一張圖片，是一名要猴的手風琴手在街頭行乞。貝朗尼克麵包師看了分外驚訝。經理領他走向另外一幅圖片，是個養老院，幾位老人坐在門前的長凳上，衣著破爛、表情癡呆。麵包師注意地觀看著，經理說：「貝朗尼克先生，當您那雙寶貴的手不能幹活的時候，誰給您錢呢？您想到這些沒有？您畢竟是個男子漢啊！」麵包師傅說：「戰爭期間，我負過傷。」經理說：「這就更該明白了！您在我們辦公室牆上還能見到什麼？好好看吧：被大火燒毀的店鋪、被風暴和水災毀掉的商店……您這把年紀啦，說句心裏話，可能開始感覺到不大靈便了吧？……再看那櫥窗，都是報紙上剪下來的……您看到什麼了？全是災難事件：謀殺、自殺、競爭遭到慘敗……現在您看到什麼了？」經理問：「您大聲唸唸吧！」麵包師以嘶啞的聲音唸道：「一個鐵匠的遺孀跳進糞池，自殺身亡……」經理問：「晚報的下一個標題是什麼？」貝朗尼克麵包師說：「一小業主用鐮刀割斷了自己的喉嚨！」

經理大聲說：「已經夠了。」他走去敲了敲一個長方形的櫃子說：「這樣的剪報，我們這裏有成千上萬！」他舉起一個手指，提高嗓門說：「貝朗尼克先生，您看到了吧，那時候，小業主要是有了養老金，這一類的災害和不幸就等於不存在了。請相信我吧……您要是沒有養老金……您就會像圖片和剪報中聽講的那樣……您是不是還要取消您的申請？」

經理從桌上的文件夾中拿出寫有貝朗尼克．阿洛伊斯姓名的那一張申請表，舉到麵包師眼前，等待他的反應。並再一次說：「要撕掉這張表嗎？」

貝朗尼克麵包師望望牆上，圖片中養老院的老人正呆呆地盯著他，還有被火焚燒的小店鋪，上面殘留著一塊廣告。他又看了看有關災害的報道……搖搖頭，小聲地說：「別撕吧！現在我看到了，小業主要像工人和機關職員一樣辦保險。」

經理將申請表放回公文夾，坐到棕櫚樹葉下，叉著雙手說：「我們在這兒，不過是爲您著想。有時候，人們爲了保護自己，不得不違背自己的意願……貝朗尼克先生，我對您的決定感到高興。」他舒展了一下身子，將潮濕的指頭遞給麵包師傅。

貝朗尼克麵包師走出經理室，那兩位保險公司的工作人員已經站在門的對面，注意看著麵包師傅。連那位年輕人也調轉頭來想看清貝朗尼克師傅的面孔。麵包師傅抹抹椅子，坐了上去。他面色灰白，像是從山崖上掉下來的。他的小髫子翹著，兩手垂到膝下，幾乎挨著了地板。

「您是不是臭罵了他一頓？」一位保險公司的人問道。麵包師傅一聲不吭，接著站起來，從角落裏拿起棍子，拄著它艱難地走了。

他下樓的時候，剛走到第四層，便不得不坐下來，將腦袋靠在欄杆上那雕刻精細的百合花上。有個人匆匆忙忙走進樓房，也是一步爬兩級臺階。他走到麵包師傅身旁時，大聲說：「我要去那裏對他們講的，可不是什麼好聽的話！」走到上一層，他還俯身朝下嚷道：「不會有什麼好話的！」說著，那個人繼續往上走。在保險公司的門砰的一聲響之前，一直能聽到他漸漸遠去的腳步聲。

貝朗尼克師傅走到了廣場。教堂旁邊有座噴水池，池中間是一尊蜷著的雙魚雕塑，從魚嘴裏往外噴水。貝朗尼克先生望瞭望那閃光的水，將手浸濕，擦擦太陽穴，放下棍子，用雙手從噴嘴接住那叫人提神的水，澆到自己臉上；最後乾脆彎下身子，將腦袋伸進池子裏，讓噴水直沖後腦勺。人們爲他停下了腳步。一刻鐘後，來了一名警察，取出記錄本，解開纏在上面的橡皮筋，搖晃著貝朗尼克先生問道：「您在這兒幹什麼？感到不舒服嗎？」他在看到麵包師傅的面孔之後補充說了後一句。貝朗尼克先生一隻手握著拳頭，往另一隻手掌上狠狠一擊，同時大聲喊道：「天使般的眼睛啊！」接著又伸長脖子，讓清涼的噴水直沖他的後腦勺……。

騙子

「……把酒杯捶成這個樣子，是在菲亞克酒店吧？」

「是的，在菲亞克酒店。」

「它不是在什圖帕茨街嗎？」

「是在那兒。我要是沒什麼好發洩的，那麼就沒法給報紙寫出一行字來。你相信嗎？有時候，我沒事情好寫，就得自己去製造點事端。在比加洛酒店，我打了自己一個耳光，不過是爲了寫篇短文，可我是連一隻小雞也不願傷害的呀！在東方酒店，我同一個妓女喝得爛醉，也就是爲了給布拉格晚報寫篇通訊，弄點兒稿費。通訊的標題是「同酗酒女人的悲劇」。至於我寫的「布拉格妓院」一文在黑人酒家惹了什麼禍，這就用不著跟您講了。可是，如今我回想起來了，有一回穿過隧道……」

「是蒂恩那兒的隧道嗎？」

「對，是那個隧道。」

「咳，我在那兒獲得的成績可不小，我演唱了約翰・史特勞斯的小夜曲。那時候，我這個男高的音色還相當動聽……。」

「我祝賀您。可我沒有文章可寫，隧道又關閉了，只有一個大鬍子蹲在那裏。我走上前去對他說：『先生，您眞有點兒像耶穌啊！』我話音未落便挨了他一耳光，同在布爾諾一樣。那個大鬍子衝我嚷道：『你這頭蠢豬，知道我是誰嗎？是捷克無政府主義者協會主席，名叫伏爾巴（VRBA），V就是Vermut❶。R就是Rum❷。B就是Borovika❸。A就是Ala❹。』我給警察局去了個電話，我的文章「無政府主義者狠揍記者」就在一份有名氣的晚報上登出來了。您最喜愛的角色是什麼?」

「我的轟動演出是《斯坦布爾的玫瑰》。應該看得出來，最後我身穿藍色制服，像伊斯蘭深

❶維爾木特酒。

❷羅姆酒。

❸松子酒。

❹香甜酒。

閨裏的女眷。我一邊撒玫瑰花，一邊唱道：「……斯坦布爾的玫瑰啊，你是我唯一的愛，永遠是我的山魯佐德❺！……」可又從中得到了什麼呢？最好還是由您來講講怎麼個沒文章可給報刊寫的吧！」

「您對這事兒感興趣？」

「是呀，對夜總會的生活我略知一二。您知道，作爲輕歌劇演員，我本來是可以代表捷克輕歌劇界的。對捷克輕歌劇來講，我還是算有分量的人。」

「就是說您對那一行很喜歡。有一回，我探聽到一條新聞，我不得不化裝前往，因爲要在克雷札克夜總會進行突擊搜查。那裏的賭坊可熱鬧哪！我不是沒文章可寫嗎？這一下我可高興了。我裝扮成一個流浪漢，在克雷札克夜總會可大開了眼界。人們在小橋上賭，天黑了便點幾支蠟燭賭，乞丐們將白天討到的東西賭上，小偷們押上珠寶，莊家先估價，再付錢。爲了不惹人注意，我從袋子裏掏出自己的皮鞋，押在紙牌九點上。」

「那就輸定了，是隻死鳥。」

「是的，我輸了。我又從布袋中取出上衣，莊家付了我三十五克朗，可我又輸了。爲了把

❺《一千零一夜》中一宰相的女兒，爲拯救姐妹，向殘暴的國王講述了《一千零一夜》的故事。

老本撈回來，我將手錶押在綠九上。」

「那是給山羊戴領花，多餘。」

「是這樣，結果我又輸了。我愣著愣著，只希望在搜查之前能撈回點錢到家。可是這時候，哨音響了，坐莊的將蠟燭推倒，室內漆黑一片。警察衝了進來，只逮住了幾個女小偷和要飯的。莊家和他那一夥的人早已溜之大吉，把錢都帶走了。一個偵探小說家對我說：『這將是一篇報導，對吧？』可我有什麼話好說呢？我穿著短襪，乘末班車回家。一到家就坐下來，寫了「布拉格夜總會蒙特卡洛」。不過，朋友，您穿上燕尾服一定很精神。」

「是的，我總是把服裝準備得好好的，經常是兩套燕尾服，三套制服。去年，我全拿出去換了柴火和煤炭……」

「朋友，要不要打電話叫小護士來？」

「不要，什麼都行，就是不能叫護士……現在我又想起來了，是的，恰爾達什舞❻裏面的公主，就是我的角色。我同波尼一樣，也結婚了。戰後，實行肉憑票供應，一位闊太太給了我六百克肉票，我便不得不當衆在桌布上寫下保證，娶那位太太爲妻。這樣，我就同她結婚了

❻匈牙利一種快步舞。

……『天堂有千萬天使……我就愛上了你……』」

「別唱，別唱。等您身體好了再唱不遲。」

「我不好受……給我講講玩撲克牌的事吧！」

「皮茨克賭場開盤的時候，我寫了一篇震撼人心的報導「該詛咒的百萬賭場」，文章的開頭很精彩：從皮茨克賭場出來，有三條路可走。第一條，去威爾遜火車站。第二條，上龐克拉茨❼。第三條，去奧爾沙尼❽。接著，我幸運地計算出，皮克茨賭場開賭二十年，下的賭注總共達二○○億克朗。這麼一大筆幾乎可以再修建一條馬其諾防線❾。您知道，現在我躺在這兒才意識到，我把新聞工作當做一種藝術。爲了它，我不知吃了多少苦頭。有一回我走到碧樹酒家附近……」

「是日什科夫區？還是科日什區？」

「日什科夫區。我在那兒的一個通道裏看到了一種新的吉利產品：小折疊桌，桌上貼有上

❼布拉格一座有名的監獄。
❽布拉格一座公墓。
❾二次世界大戰前，法國在法德邊境修築的防線。

帝的祝福。作爲記者，我想瞭解它的用途。於是我押了五個克朗，結果中了大獎。」

「頭獎？」

「對，後來我又贏了一次。可是緊接著我又全輸光了。我把結婚戒指押上，也輸了，眞是時運不濟啊！」

「那一定賭得很精彩……。」

「我可不那麼說。還有，這也是一個看問題的角度問題。不過我還是接著往下賭，把自己的人格也押上了。我對莊家說：『先生，至少給我留點兒錢坐電車吧！』他像眞正操縱命運的神一樣回答我說：『喲，如今可不時興講慈悲。』就這樣，我只好步行回家。我馬上動筆寫了一篇長文章：「大都會吸血鬼決定著誠實人的命運」。主編本人拍著我的肩膀說：『您寫的文章好像是您的親身經歷。就應該這麼寫！』」

「可是您這麼做，並不漂亮，您這麼愛報復。我也到那個地方去過好幾次，也把一切都輸光了，連領帶和皮鞋都輸掉了，只好赤腳走回家。雖然心裏發忱，可我對誰也沒有講過一個字。這是我自找的，想試試運氣唄！」

「您想睡覺，對吧？」

「不……我只是咳嗽了一聲……歇一歇，然後……我現在多麼想聽聽人的聲音啊……。」

「您出很多汗，不想喝點什麼嗎？我叫小護士來。」

「就是不要護士來！天知道他會想些什麼……請您還是給我講講報紙吧！傷心的事也成。」

「傷心的事？報上幾乎全是傷心事，如果您去寫的話。我也到過布爾諾，警察在那兒搜了魯尚卡和利利什卡街，將妓女驅趕到諾維街一個夜總會上……。」

「不是叫弗勒丁卡酒店嗎？」

「對布爾諾您也熟悉？」

「怎麼不熟悉呢？我青雲直上就是從那裏開始的。您知道，當我身穿燕尾服，披著白綢披風，登上舞臺演唱《快樂的寡婦》時，給人多大的歡樂和饋贈嗎？我揮動著戴著手套的手，唱道：『……我要去馬克西姆，那兒多麼詼諧幽默……』」

「眞美，您的嗓音太好了。不過您應該喝點兒水，喝一點兒……這樣……就不會咳嗽了……。」

「謝謝……可您在弗勒丁卡酒店看到什麼了？」

「警察檢查身份證。後來，我寫了這麼一篇通訊：警官說：『瑪莎，你怎麼啦？』她回答說：『我還能怎麼啦？今天進行搜查，我害怕得很！』『怕什麼？』『您看看，他們突然來到，把我送到索科尼采，將我和一個流亡者拴在一起，可那個傢伙不停地在我耳邊嘮叨，說他來自布爾諾，其實他是從博斯科維采來的。要是今天有人找我的麻煩，我就逃到博斯科維采去，那裏沒人認識我。』警官把身分證還給了她。那是個大好人哪！後來我睡在身旁，他戴著眼鏡看《聖經》，一直看到天亮。我醒來的時候，他在我頭上劃了個大十字。」

「您記得這麼清楚？」

「朋友，凡是您寫過的東西，您會一直記住，到死也不會忘記的，哪怕只是偶然在您腦子裏閃過的印象。」

「現在我想……」

「不要坐起來……朋友！」

「沒關係……現在我明白了，我最光輝的演唱是史特勞斯的《最後的華爾茲》。一位公主爲此愛上了我這個衛隊的中尉，這難道是我的責任嗎？」

「坐好，不要從床上站起來！」

「難道我能對那些事負責嗎？我不過是在舞會上爲她演唱了一曲〈愛情只不過是一場夢〉這首歌。時至今日，我也不清楚：本應該是團長同她跳舞，可她爲什麼卻選中了我……後來，您想想看，那多丟人的事啊！在全團面前，團長摘了我的肩章，折斷了我的佩劍……。」

「好好躺著，我去叫護士來。」

「不要，不要！……因爲要同公主告別，我在舞臺上還哭了。樂隊輕輕地演奏最後的華爾茲舞曲：『……原野顯得朦朦朧朧，細細的雪花在山上飛舞……』就因爲這支華爾茲舞曲，我必須逃往國外，爲了華爾茲舞曲……。」

「您蓋上點兒被子，又出汗了。」

「我？是。最近您寫了什麼？」

「我已經對誰也不生氣了。這樣，也就寫不出什麼了。最近我在布朗迪斯的戈蒂娃女士游泳池游泳，有位姑娘在那兒曬太陽。一個龍騎兵騎馬走過。那位小姐問他可不可以教她騎馬？龍騎兵把她扶上坐鞍。可是馬受了驚，在草地上飛奔起來。姑娘的游泳衣撕破了，從她的身上掉了下來。那時正是中午，她赤身裸體，被馬馱著，飛跑過廣場，最後跑進兵營。士兵們正在用餐……我給取了個不錯的標題「布朗迪斯的戈蒂娃女士」，可是結尾十分差勁，說什麼要制止曬太陽的姑娘，要反對出售扣不緊的游泳衣，還有受驚的馬……那天晚上，我在電影院裏，放映的是安娜·維斯托娃主演的《我不是天使》，我一下子看到：無論是我，還是其他任何人，我們都不是天使。爲什麼要抓住人家的個別言語與行動，在報刊上向全世界大叫大嚷，說人類變得如何如何野蠻了呢？我打開窗戶，像布爾諾的警察爲布爾諾那些妓女劃十字一樣，在所有東西上都劃了個十字……朋友，可您已經睡著了，眞的不該叫護士小姐嗎？」

「不用……不用……我不過是打個盹……您講下去吧……我多麼喜歡聽到人的聲音啊……。」

幾天以後，理髮師給死者修面。停屍房的工作人員難受地說：「他媽的，我這個部位怎麼有些痛？」

「什麼部位？」理髮師放下剃刀，打量了片刻問：「可能是這兒？啊，沒什麼，這是典型的腰痛，傻瓜！」

「這個地方也有點兒不俐落。」那工作人員挺直了腰下部。

「當然嘛，」理髮師習慣地挪動了一下眼鏡說：「那不是腰後部的疼痛竄到膝蓋了嗎？」

他說話的時候，語氣很重。

「不是，」停屍房工作人員說：「我坐下的時候，脊椎骨下部好像有螞蝗在叮我。」

「好，這樣恰恰好，夥計！」理髮師得意地說，搓了搓手。「這完全是普通的腰痛，蠢貨！這是因爲有一小點血滲到肌肉裏去了。給你打一針，要不就擦點兒藥膏。五天以後，你就是一位體壯如牛的小夥子了。」

他繼續高高興興地給屍體刮臉。刮完之後，洗洗手，還看看自己的業績。

「有些人刮起來眞夠費勁的……皮膚細嫩，鬍子又硬又粗。可那邊那三具屍體刮起來眞俐落，很快就刮完了。」

「這個房間也一樣，」停屍房的工作人員說著，抹了抹鼻子。「兩個人同時死，倒是容易料理。可是這兩位——願上帝保佑他們進入永恆的天堂，如果眞有什麼天堂的話，還眞有點兒蹊蹺。比如說這一位吧。」說著，他敲敲一口棺材，「還有那一位。」他又敲了一下另一口棺材。「登記表上寫的是：輕歌劇獨唱演員。但我們打電話去問那個協會是不是有人來出席葬禮。那邊回答說：根本沒有這麼一位獨唱家，雖然有個人叫這個名字，可他是合唱隊的人。您看，他遺留的相冊，全是扮演主角的……。可能是改穿了制服和燕尾服去照的相。我把相冊放進了他的棺材，有誰會把他當做壞人嗎？」

「那我是會這麼說的！」理髮師將眼鏡往上一推，說：「我對這種事是不客氣的。要這樣的話，人類將落到何等地步？」

「得了吧！我看身邊發生的事兒，幾乎所有的人都把事情弄混了，把他們想成爲的人與他們實際的人混淆了。」停屍房的工作人員說。

理髮師將剃刀和剪刀裝進小箱子，回答說：「這是可能的。但人類社會必須想個法子預防這一點。要不然就根本無法區分人，也不會有人去貢獻了。……那一位呢？」他用下巴示意另一口棺材。

「那個穿藍色制服的，記者協會的說，叫這個名字的人雖然給報紙上寫過東西，但無非是些關於偷盜之類的蹩腳玩意兒。可他的腦袋下面枕著個厚本本，貼的全是大塊文章，寫得詼諧風趣，我想拿回家去留個紀念。」

「注意！」理髮師豎起手指，一副很行地說：「喉結核病可是傳染性的。這麼看來，今天我給刮臉的原來是兩個騙子啊！」

「有人來了！」

「騙子！」理髮師重複了一句，捶了一下停屍房的門。然後敞著白大褂，走過醫院的過道。

在窗子附近看到一個年輕人，腿伸得直直的，拄著拐杖。走廊上再沒有別人。理髮師走上前去，拍了拍年輕人那打著石膏的腿。

「骨折了嗎？」他問。

「是的，大夫先生。是騎摩托車摔的。」

「坐著，坐著，好了一點兒嗎？是不是來換繃帶？」

「是的，大夫先生。」

「好，主要看筋骨有沒有問題。您的腿腫嗎？」

「已經消腫了，大夫先生。」

「好極了！上樓去吧，他們正等著您哩……。」理髮師擺擺手，提著小箱子快步走過醫院的走廊，還聽見年輕人在身後大聲說：「謝謝，大夫先生！」

吹牛大王

漢嘉一大早上班去幹活。他坐在電車上，從提包中取出一份《先驅論壇報》，裝作很有興趣的樣子在閱讀社論。

一會兒他大聲說：「那些資本家同樣也唱聖誕頌歌，我倒想給他們來點實力政策！」

但乘客們都望著別處。漢嘉又攤開《法蘭克福彙報》，好像讀了幾段，就評論起來：「尊貴的先生們，我讀報的時候，眞有點不明白：誰贏了那場戰爭，誰又是輸家呢？」

他笑著說：「扶住我吧，我快驚癱了！阿登納在談論保衛西方文化哩！是在哥倫比亞大學講的。諸位，你們懂嗎？在大學講的。很遺憾，我們國家沒有九千萬人口。」

他咳嗽了一聲。可當他想從周圍人們眼神中尋找理解時，發現那些眼光都遊移不定，似乎都在看別處，根本沒感到他的存在，彷彿都瞧不起他。但是，漢嘉感覺良好。他認爲人們是嫉妒他見多識廣，他心裏反倒樂滋滋的。他放下聯邦德國報紙，又興致勃勃地攤開《人道報》，像電車行駛一樣，快速瀏覽標題，但報上的消息讓他不大高興。

他放下報紙，眼裏含著淚水說：「法國人的自豪感到哪裡去了？善良的人們啊！施佩德爾❶、馮・曼道夫爾❷和古德里安❸那個鹵莽的漢子一起在巴黎開會，眞把我氣死啦！」

他慢慢收起報紙。這三份報紙是他從廢紙堆裏發現的。其實他只能看懂其中幾個姓名，隨即下了車。

到了拐彎角，他馬上走進一家奶品店，他每天去那兒買牛奶餵貓。

「你養了多少貓？」女售貨員問。

「多少？夫人，等我打開小倉庫您就明白了。還沒等我走過去，黑壓壓的一大群貓便朝我衝過來。您已經知道了吧？」

「知道了什麼？」

「昨天夜裏，霍勒肖維采碼頭上著火了，裝糧食的船都燒起來了！燒著的麥粒蹦向四面八

❶德國納粹將軍，佔領法國的德軍指揮者。
❷德國軍官和政治家（一八九七—）。二戰期間在阿登進攻戰中任兵團司令。
❸法國將軍。

方。消防隊員已不是往船上噴水，而是給附近的利本尼和布本奇區救火。這災難太可怕了！」

「那可眞糟糕！」女售貨員搬著指頭數道：「您到底有多少隻貓？」

「小丫頭，啊，對不起，夫人，……不多。現在六隻公貓簡直瘋了。自從那些貓發情之後，家裏就只剩下十二隻了。當公貓要交配的時候，那可眞是災難，它們徑直往天花板上爬。」

「交配？」

「是呀，您自己也知道，那種強烈的欲望有多折磨人啊！這是大自然的等離子的相互作用。動物也喜歡在小洞裏偷情歡樂啊！」

「這是什麼意思？」

「啊，請原諒……動物也樂意扮演爸爸和媽媽呀。而公貓，那可是精力旺盛的傢伙。」

「十二隻貓！可我們的孩子常往您那兒送廢紙！那些公貓發起瘋來那可眞不好，它們還不會滿街亂咬人！」

「是會咬人的。」

漢嘉從提包裏摸出一份《義大利團結報》。

「是這樣……報上寫道……是的，巴都那個地方發大水……這兒是摩納哥大公娶了美國的女演員凱莉……還有，佛洛倫薩一群貓瘋了，在烏菲采咬了十五名德國人。這兒還有照片，連旅遊手冊也被咬了。」

「我可不能不管，今天就給家長協會打報告去！」奶品店女售貨員說，把頭一扭，難受地望著街上。

出納在保險公司等著。

「漢嘉先生，昨天我們給過您幾張匯票。」

「是的，但這是怎麼回事？」

「怎麼回事？我們以爲，過去我們當廢紙給你們的匯票是過了期的，但那些過了期的玩意兒實際上還留在我們辦公室。」

出納指著保險公司說：「而那些仍舊生效的匯票卻已經扔進了廢紙堆。」

「這我們不在乎……紙總還是紙。」漢嘉說。

「我們彼此沒明白對方的意思。我是想說，看能不能兌換。」

「那未必。紙都打包了。」

「那些包在什麼地方？」

「我自己還想知道哩！昨天已經用汽車運到造紙廠去了。」

「哪個造紙廠？」

「要看裝的哪一部車。匯票反正是完了。最好去求助活命水和萬事通老人❹的金色頭髮。」

「我有意見！」

「您可以提，不過在我們那裏是什麼也找不到的。但可能讓人吃驚的是，您會在那裏發現五花八門的東西。革命以後，我把那些東西包起來，放在列特納街一個地下室裏，用叉子往裏推，還在裏面翻來翻去。您猜，都有些什麼玩意兒？」

「匯票吧？」出納高興地說。

「哪裡！有長筒靴！第二次再去翻的時候，發現了死去的一位頭頭和他的手槍，還有德國洗衣房的珠寶、帝國養兎房的裝飾品……那個頭頭早死了。我說，怎麼辦？我把那屍體等扔到木箱裏，周圍塞上廢紙，踩得嚴嚴實實的，用鐵絲緊緊捆著……那些東西同你們的匯票一樣，進了造紙廠。人們剪斷鐵絲，再將廢紙捆扔進搗碎機，裏面加上硫酸。可能當時有人在《捷克言論報》上讀到過有關德國國社黨人的消息。這些情況有意思嗎？」

「是……。」出納打了個噴嚏。

「那是眞事啊！我在國家銀行也經常包捆廢紙。您可能感興趣，人們從天花板上往下扔作廢了的紙幣。我戴著面罩在那兒打包。成千上萬的票子啊！那些紙幣一張張從天花板上掉下來。粉碎機的響聲可好聽哪！……我當時想起了一個問題，便向出納主任提出說：『您是不是有時

④捷克童話中無所不知的老人。

會在錢櫃裏丟失上百萬？』您知道，他怎麼回答？」

「不知道，不知道。」出納一下子愣住了，心怦怦直跳。

「那主任說：『漢嘉先生，要是丟了一百萬，我准會馬上發現，謝謝上帝，還沒丟過。但是少了十二個哈萊士❺，六個人要尋找一個星期。』」

出納感到背上發冷，又打起噴嚏來。

「是這樣！」漢嘉說：「但有趣的是，每時每刻都有人在丟失東西。在我們那裏，人們由於疏忽而丟進廢紙堆的雜物，如果全收集起來，可以開一個舊貨商場。小孩們由於不在意，把收音機也送到了廢品站，還有整台的發動機、皮鞋、服裝、一本本賬單、汽油供應券，還有匯票。而最轟動一時的事，便是有人誤把價值一五〇萬克朗的鑽石同廢紙一起扔到地窖裏去了。七名偵探人員翻遍地窖裏的每一張紙片，共九十公擔廢紙，花了一個星期，還是沒有找著。」

出納又打了一個噴嚏，還往手掌上擤鼻涕。

「您沒有手帕嗎？」

「沒有，我忘記帶了……。」

❺捷克最小的錢幣單位。一百個哈萊士為一個克朗。

「您爲什麼不馬上講？這點小意思，明天我給您捎一打來。過去拆毀猶太墓的時候，德國人給我們這裏運來十公擔物品，有旗子、長袍、圍巾之類。開始我們都把那些勞什子撕成碎片，後來將它們做成手帕、毛巾。我……」漢嘉越說越興奮：「我收集了一櫃子東西，可足夠兩個新娘子用的。我老婆用那些旗子縫製了兩打運動褲。手帕多得數不清，一輩子都夠用了。但是，我得聞那臭硫酸味。先生，那味道可難聞啊！您知道，在金線中聞到那種刺鼻的味兒是一種什麼樣的享受嗎？」

但出納心裏盤算的是，要是他的錢櫃裏少了二十個哈萊士該怎麼辦？

「我著涼了……。」他說。

「您幹嗎不早說？可要注意啊！您從辦公室回到家裏，往杯子裏倒一點兒水，多加些羅姆酒，當然要放幾顆丁香、一點兒胡椒，然後痛痛快快地喝下去，等一刻鐘後，再喝二十克燕麥甜酒，這對心臟有好處。隨後就到野外去……等天黑了，找個地方躺下，一覺睡到大天亮。露水灑在您身上，傷風就全好了。這叫克內普療法，比那個克雷斯尼茲敷貼療法強多了。好，明天我給您把手帕捎來！」漢嘉說著跟出納握手，還親切地拍了他一下。

出納扶著保險公司的門把手，又打了一個噴嚏，快步走進門廳。

漢嘉朝四周看了一下，一位汗流滿面的人推著小車，正朝他那廢紙回收站走去。他加快了步子，幫著那個人推一輛像尊大炮似的車。

「我總算還有這車哩。」車主說，但車上放的不過是個小包。

經理從辦公室出來說：「放在磅秤上吧！」

「你們有滑板嗎？」車的主人問，擦擦頭上的汗。

「滑板，那是什麼玩意兒？」

「滑板，就是啤酒廠用來滾動酒桶的東西。」

「沒有。」

「那麼敲杠總有吧？」

「敲杠？有，幹嗎用？總不至於爲你這一點東西動用敲杠吧？」經理尖聲地說。他心裏已明白，今天一整天不會有好心情了。他上前將小包放在磅秤上。

「也就是五公斤。」

「好……這還行！」小車主人高興地說。

「這麼點玩意兒，您要現錢？還是彩票？」

「要彩票，但不要號碼連著的。」

「這兒有一張。」

「不行，這張我不要。您給我把彩票洗一下，打亂順序！」

「好吧，這是彩票，您自己洗吧！」經理低聲說。

「你們這兒最好要有一隻鸚鵡。」小車主人說著，將彩票塞進錢包。接著他又用勁推車，但推不動。一出院子便是上坡路，車就顯得重了。漢嘉在車子的這一邊，經理在車子的另一邊幫著他推。經理彎著腰，用胸膛頂著車軲轆，邊推邊喊著「嗨唷」，終於將大炮一樣的車子推了上去。

「我要是能這樣中一輛斯巴達克車就好了！」車的主人歎著氣說。

「怎麼可能呢？斯巴達克車我們經理已經開上了，所有的主要中獎彩票也賣光了。您要是中了獎的話，充其量不過能得一條頭巾，一本書，一件衫衣。」漢嘉說。

「我至少已經有了這輛推車。」小車主人高興地說。他吃力地推著車往焦街去了。

漢嘉回到院子裏，對經理說：「那輛手推車實在可怕，它就是我從前生活的象徵啊！」

九點鐘，一位老人走進廢紙回收站大院，繞過一排擠在磅秤旁的客戶，站到院子中間，以一種虔誠的表情觀看牆壁的每一個腳落，像進了教堂似的脫了帽子。

「您在這兒瞧什麼？就像是從櫻桃樹上掉下來的一樣。」漢嘉放下手中的活兒站起來問。

「您知道……三十年前我在這兒幹活，不過那時還沒有這座樓房。這地方，過去擺著磅秤，」老人指著說，「這裏過去是水泵。倉庫那個地方，以前是馬棚。那時候，我是趕馬車的……。」

「我的上帝，您是位稀客啊！快把手伸給我！」

他們久久地握著，對視了片刻。老人指指劃劃地說：「那兒，辦公室那兒，從前什麼也沒有。拐角附近，當時是做生意的地方。靠窗戶旁邊，豎著通往閣樓的梯子，上面是乾草房。那塊陰暗地方，一般擺著長凳，因爲偶而有陽光照進來……。」

「你這個善良的人啊！你喜歡回想過去？我會帶你去的。等有空的時候，我給你個信，帶你上斯拉布湖，」漢嘉說：「我們一塊兒去，不過只要我們兩個人，坐著船到湖上去遊一番。等我說『夠了』，我們就停住。現在我們要像從氫氣球上那樣往水裏看，如果那水清澈見底，在小船下面就能看到我出生的小村莊霍洛什。我將指給你看，有鯉魚遊動的地方，就是我的出生地。」

漢嘉半蹲著，用手指著地下說：「我是在那座教堂接受洗禮的，就是鯰魚大搖大擺游動的那地方。還有，在那個大魚趕小魚的地方。那座塔上常有鐘響。」說著，他敲了一下地面的磚，「這裏，也有一種又長又扁的魚，像鐵鍬一樣發亮。那邊是個酒家，連屋頂也沒有，我常常同姑娘們在那兒消遣哩……」

有幾滴眼淚滴到了他的手背上。

老人擤擤鼻子說：「我走的是過去生活的老路。但各處的情形同往日不一樣了……完全不一樣了！到處只有回憶。這回憶比那時的情景更讓我洩氣……」老人又歎了口氣說：「你知道……現在我倒樂意看到我年輕時待過的地方，可是當我找到那被破壞了的老地方時，我總以爲自己弄錯了，大概我以前是生活在別的地方。我五十年沒有去過我的出生地。我到我原來的小籬笆旁一瞧，我出生時的那座小村莊早就沒有一點兒影子了。小村莊當時在克拉德諾附近，後來建起了波爾蒂第二鋼鐵廠……你去水庫那兒，還可以經過你出生的村莊和小屋。我出生的小屋可永遠填平了。我在那兒呆呆地望著，兩手扶在欄杆上，活像十字架上的耶穌。後來，我報名參加了勞動隊。我想，假如我參加一個小組，去挖各種各樣的通道，說不定有一天我的鎬會碰上教堂的塔。可是他們不要我，嫌我太老了。在人們心目中，我已經一文不值了。」

「那就去出售你的骨架吧！」漢嘉說。

「什麼？」

「出售你的骨頭架呀！研究所要收購人的完整的骨架。把你捆得緊緊的，運去以後，放到其他的死人中間，用藥水泡起來。不過現在你還活著，可以多得幾千克朗，還能像過宰豬節一樣，飽餐一頓。」

「他們那些傢伙還關心人嗎？」

「關心什麼！學生們在你身上實習完了，將你熬煮一通，把骨頭摘出來用銅絲繫在一起，就是一副像樣的骨架了……。」

「啊！現在我正好要錢花。回憶把我都弄糊塗了。朋友，那就拜託你了……。」老人低聲說：「他們把我的電線掐斷了，因爲沒錢交電費。管房子的人把我的爐灶也拆了，就因爲我沒交房費。我幾乎把所有的東西都變賣了……可是現在呢？」老人被迷惑住了，說：「我有點用處了，而且是用在科學上！」

「你眞是個有意思的傢伙，」漢嘉隨意發揮說：「讓你整天站在博物館，有什麼幸福可言！要不……」說著，他自己也感到驚奇地說：「把你豎在中學教研室，有時將你搬到教室去，教授先生像彈奏撥樂一樣，用指頭敲打你的骨頭，同時給學生們解釋，哪塊骨頭叫什麼名字。講完了，下課，休息！」他想了一會兒，又往下說：「課間休息……學生們嘴裏叼著菸，也許還會摟著你跳舞哩！」

「夠了，夠了！你是在拿我開心哩！我內心的發動機又起動了……我還有指望！……」老人大聲說。

可他馬上又陰沈下來。

「只是，只是不知道他們是不是要我……買我。我這馬上就去。在什麼地方？」

「阿爾貝多夫街，從查理廣場往下走，到那兒再打聽，什麼地方收購骨架。可能不會馬上付你錢，有時還分期付款哩！」

老人淚汪汪地，迅速穿過走廊離去。

廢紙包裝女工瑪申卡聽了上面的全部談話，激動地說：「天哪！你們這些男人成天喜歡鬧這些把戲，現在又要賣骨頭架了！晚上我回到家裏，聽到的還是這一套，鄰居也跑來逗我。」

「有個叫什麼拉迪克的先生，常來我們家，說是來安慰寡婦的，說這是基督教的義務。然後就躺在我那兒翻來滾去的，難受得說要讓上帝將他帶到自己身邊去，說如果他那個得了癌症，住進了醫院的老婆動手術時一命嗚呼，他怎麼辦？說他，拉迪克先生，准保會往火車底下鑽……。」

漢嘉邊聽，邊從破碑酒箱裏挑出幾本有關姑娘們的浪漫小說。

一會兒他又問：「眞有這麼回事？」

「嗯……現在，我被折騰得不得不去安慰那個基督教徒鄰居說：『大夫的手，不僅像黃金，而且像鑽石。』可是拉迪克先生說，不對，他十分瞭解，那些人的手並不是萬能的，說他還是要往火車底下鑽，並且跑了出去，還大聲喊著『上帝呀』！」

「結果怎麼樣？」漢嘉驚訝地問。

「拉迪克先生昨晚的確大喊了一聲『上帝呀，她把那鑽石戒指扔到哪兒去了？』就只好同他一道，到他的臥室去，他在地上爬著尋找戒指。昨天……您在聽我說話嗎？」

「聽著哩……您說昨天……」漢嘉撒謊說。

「昨天，他去我那兒，安慰我這個孤獨的寡婦。還帶著手槍，說要在我那兒自殺。我給他煮了三根土耳其香腸。他就向我保證，雖然要自殺，但要在他自己家裏。對你們這些男人，我眞沒有法子……您要上哪兒去？」

漢嘉將浪漫小說揣到大衣口袋裏說：「我要去爲頭頭買一桶汽油、一桶柴油。頭頭對我說，人們已在對他大聲嚷嚷說：『什麼時候消防隊要去你們那裏？你們什麼時候盤點？』」

「小夥子，我在奧爾沙尼公墓還有一塊空地。我常常這樣打發我那美好的星期天：上公墓去，站在我那塊空地上，想像我靜靜地躺在下面……沒有男人，沒有廢紙，也不要什麼基督教徒。我眞盼望著去那兒！」瑪申卡懷著一種渴望之情說。

漢嘉走進酒吧，沒有向別人問好，只是將一本言情浪漫小說放在櫃檯上，朝四周望了一望。一位顧客已在付錢，發出心滿意足的聲音。另一位顧客敲了一下櫃檯，高興地注視著女招待對著燈光倒酒。第三位顧客望著滿杯的酒，調轉頭，將酒灌進嘴裏。

女招待抓起那本關於姑娘的浪漫小說，迫不及待地在櫃檯旁瀏覽標題。她抬起頭，露出了從早上以來的第一次笑容。

「我們喝點兒什麼？親愛的！」她說著，倒了一杯羅姆酒。「這是寫一個男人墜入愛河的故事嗎？」

「是這麼回事兒。」漢嘉回答說。

「你讀過這本書？」

「那篇『瑪格德的遭遇』還沒有看，『掙斷了的手銬』也沒有看，可那一篇『男爵的心願』我看了，是爲您這小心肝寫的，夫人！」漢嘉鞠了一躬。

「我簡直等不及了，等不到晚上了。」女招待說：「您哪怕給我講一點兒也好啊！」

漢嘉噓了一聲，拍了她一下，開始講述起來，但不是「男爵的心願」，而是他吃鴨肉時讀的「品行端正的姑娘」。他唸道：「城堡裏，一片寂靜……一個美好溫馨的夜晚，維爾瑪打開通往平臺的門……她突然驚叫了一聲：『男爵先生！』……」

「親愛的，今天我給您上午餐，好嗎？」

「好，可是維爾瑪大聲喊起來：『不行！男爵先生，那個稱呼對你不恰當。請原諒！您是已婚的男人，可我是個貧窮的女孩！』但男爵先生跪下來說：『維爾瑪，愛情無損於名譽，而恰好相反。你應該、必須成爲我的人！』您好，顧問先生……您過得怎麼樣？還一直喝著酒？」漢嘉對一個喝了一大杯羅姆酒的禿頭男子說，還解釋了一句說：「夥計們，你們不知道吧，我們倆曾經被這藥一般的酒弄得疲憊不堪哩！……對吧？」

漢嘉使勁盯著那禿頭男子。此人對今天的會見卻一點兒也不感到高興。漢嘉繼續對大夥兒說：「我和這位顧問先生，我們倆挫敗了米斯利弗切克先生的條件反射論：所有的病號在進行注射之後都嘔吐了，只有兩個人沒有吐，那就是我和顧問。我們兩人戰勝了科學。這是精神對物質的勝利，對嗎？」

但是顧問不感到高興，他眞想從牆縫中鑽出去。

「結賬。」他十分反感地說。

「二十克羅姆酒，兩杯十度的啤酒，對吧？」女招待走過來說。

「嗯。」他哼了一聲，往櫃檯上扔了兩張十克朗的紙幣。他對戰勝米斯利弗切克並不感到稱心，就走到街上去了。

「後來怎麼樣了？」女招待激動地問。

「男爵夫人將他們抓住了，問：『維爾瑪，您深更半夜，穿著這樣的便服來接待已經結婚的男人？我過去可是那麼信任您啊！』」漢嘉將空酒杯晃了幾下。女招待給他斟滿酒，他將男爵夫人的話唸完：『這麼說，男爵先生是您的情夫？』」

「你小子，眞他媽的！」他看到一個醉漢就突然叫起來：「你知道你像個什麼鬼樣子嗎？」

「可能是，」醉漢說：「您坐到我身邊來吧！叫我焦佳，從昨天起，我像一面破旗子一樣飄著，很不痛快，妻子欺騙了我！」

「我的上帝！那要是我，就會在家裏立個嚴格的規矩。你是天主教徒嗎？」

「是。」

「你首先要教訓一下你的妻子：世界上第一重要的是上帝，緊接著便是丈夫，隨後是所有信教的人，最後才是跪在地上的妻子……小可憐的，好心人……。」

「我們家正是這樣，她要是有一點點偷懶，我都可以治她，可她呆在家裏織她的毛衣，我就成了唯一的無賴漢，」醉漢顧客指著自己說：「我是抱著什麼樣的理想結婚的啊！什麼鬼理想！一年以後，妻子將找到個情夫，我將摔斷一隻手，以後再斷掉一隻，我就會同過去一樣，像鳥兒一樣自由自在❻了……。」

「可那以後就是不幸啊！」漢嘉說著，走回櫃檯，女招待用手向他示意。

「結果怎麼樣了？」女招待扶正了她的耳環問。

「您問的是他……」漢嘉指著那位讓別人叫他焦佳的顧客說。

「他醉得已快不省人事。我問的是那位男爵夫人怎麼樣。」

「別問了。從我這兒你問不出什麼名堂的。」漢嘉舉起兩隻手說：「這我不能跟您講，您聽了還可能鬧出點什麼事來哩！眞是可怕的不幸啊！」

她往杯裏倒了羅姆酒，又央求說：「好了，親愛的，您講吧！我已經是過來人了，安葬過兩個丈夫。」

「我一下子就可看出，您是一位夫人。」漢嘉說著舉起酒杯，像故意挑逗自己似的，沒有

❻「自由自在」一詞，捷克語中的另一個意思是「單身」、「未婚」。此處示意「單身」。

喝，「我給您講這一回就再也不講了。在最後一章裏，男爵夫人對行將死去的人大聲喊道：『維爾瑪，您還在否認！您中毒了！』可維爾瑪卻說：『男爵夫人，我是多麼的幸福啊！』男爵夫人仰望天空，低聲說：『啊！維爾瑪，您精神眞偉大！現在我才理解，您爲我們的夫妻關係做出的犧牲……』」

安葬過兩位丈夫，飽經風霜的女招待兩眼望著窗外，不禁淚珠滾滾，一直流到皺折的圍裙上。漢嘉也擤起鼻涕來。

「不一會兒，維爾瑪就離開了人世。城堡上敲起了喪鐘……」漢嘉說著，用袖子去擦眼淚，將杯中的酒一飲而盡。

那位自稱爲像旗子一樣從早上飄到晚上的顧客卻興致勃勃地說：「諸位，我有一個什麼樣的兒子啊！你們瞧瞧我吧！你們知道，像我一樣，有這麼個兒子是一件多麼美好的事啊！我那個小子是青年柔道教師，他媽的，你們瞧瞧我吧，我也是幹這個行當的。」

漢嘉捏捏他的肌肉，承認說：「的確還硬朗。」

「好了，現在你們想像一下那運氣吧！」他高聲說：「星期天早上起來，我看到兒子在洗澡，算個輕量級。我又跳又叫說：『好吧，兒子，今天咱們來比試比試。』兒子恭恭敬敬按奧地利方式回答說：『爸爸，您有這個意思？那咱們就試一試吧！』他用『您』來稱呼我以表示尊重。於是我便伸手去抓他，可他總是這樣揪住我的衫衣往磚上蹭，像幽默雜誌上說的，折騰得我兩眼直冒金星。我過生日的時候，他給我的禮物就是將我的手關節扭得脫了臼。朋友們，我的婚姻破裂了。我惟一的幸福就是有一個棒兒子。」

漢嘉將空酒杯放下，低聲對女招待說：「……後來在公園裏，在死去的漂亮的維爾瑪住過的房間下面，發出了沉重的響聲……。」漢嘉審視地望著她。

「今天已經夠了。您講這麼些正好。」女招待冷冷地說。

「我講過，我是尊重夫人的意願的。不過我箱子裏還有《希爾達・哈尼科娃的罪惡》、《妓女的浪漫史》，還有《六年級女學生》……假如沒有人願意看，我拿著這些書怎麼辦？」

「您說什麼？」女招待不相信自己的耳朵。

「您有興趣？」

「您好像不明白似的。我主要對那本《六年級女學生》感興趣。我是在劇院演過戲的人呀！演的是那位瓦拉什科娃・斯丹尼的朋友……我身穿水兵上衣，頭髮紮著蝴蝶結……這您不知道？那我給您講一講……」

「另外找時間，以後再說吧，我腿痛。」漢嘉謝絕了，他又接著說：「以後吧！倉庫裏只有我一個人，我們的頭頭早上出去騎馬，挨馬踢了腦袋，再說，我們在這裏也待不長了。再過兩禮拜就該搬家了。廢紙回收站要麼改爲夜總會，要麼成爲廢金屬收購站。當然，夫人，爲您，我現在就已經收藏著歐洲市場貨眞價實的『珍品』，準備聖誕節送給您……比如《眞正的和絃》，《活埋》、《幸福的痛苦》等等。」

「親愛的……」女招待深深地吐了一口氣，斟了一杯甜酒說：「這酒您喝了會感覺不錯的。」

「好吧，夫人……」漢嘉將腳後跟一併說：「爲您的健康乾杯！」

收購站主任撥了一下磅秤杆上的秤坨說：「你們正上映些什麼好片子？」

「棒極了的電影：《你好，笨漢》。一天就有兩袋廢紙。不過還不能同《莫林・勞吉》相比。」麥特羅電影院的女清潔工擺擺手說：「那是一部極妙的片子。兩天八袋廢紙。那部電影像《七個十字架》一樣成功。可是下星期還有更妙的東西哩！」

她朝院子裏的玻璃頂蓋送了一個飛吻說：「我們要上映《哈姆雷特》了。巴黎的姑娘們說，那是一部談情說愛的故事。」

「好，這是三十公斤，您把它直接倒進那個木箱裏……收購站主任說著，殷勤地將一個袋子拖到木箱旁邊。瑪申卡正在那兒踩緊廢紙。

「我知道，」主任說：「所有的電影您都能背出來了，是吧？」

「我？完全不。」

「連《莫林・勞吉》也沒記住？」

「連《第七個十字架》也沒記住，我是按畫面來自己編故事的。我更欣賞戲劇。但您去看看吧！從圖片上看，這是關於一個非常漂亮的小夥子的故事。很像在我們雅羅夫宿舍的一個學生身上發生的悲劇性愛情故事。」她說著往木箱裏裝雪糕和冰淇淋紙，並馬上將它們踩嚴實了。

這時候，漢嘉走進院裏。主任看了看手錶，已經九點三刻，馬上皺起眉頭說：「十一點了，你今天還沒有幹多少活兒。」

「天哪，到晚上還有的是時間嘛！」漢嘉做了個鬼臉說：「但有個小問題：有沒有一輛這樣的大車開進院子裏來？」

「什麼樣的大車？」主任詫異地問。

「大轎車唄！我看還沒有開進來。我只是跟上頭的人說了幾句話，可能要有點小意外。」

「我的天哪，我就怕你那些小意外！我說漢嘉，你又去哪兒胡扯了？你總是給我們捅婁子。這哪裡還會有安靜的日子，叫人夜裏哪裡還能睡好覺啊！」主任說著，手都發抖了。

「這也是我的一種……」漢嘉幻想著說：「您知道，就是在足球比賽中，我也不喜歡六比零，也不喜歡五比一，這沒有什麼戲劇性。在日常生活中，我也喜歡戲劇性的東西。對我來講，六比五……四比四……倒更叫人高興。一個優秀的球隊在決定名次的關鍵比賽中輸了，兩個點球不中，三次射到欄杆上，兩次碰到橫樑上，最後，守門員抵抗無力，輸了！」

「原來你是這樣的？你知道，你是個危險人物嗎？」

「我是！」漢嘉指著自己說，同時剪紙捆上的鐵絲。「我們換個話題吧！夫人，麥特羅影院現在上映什麼？你們要上映一個犯罪案件片是嗎？」他笑著說：「我要到那兒去看看，讓你們的生意更興隆。我要買三根冰棒吃……喲，您知道嗎？等到議員奧利維捧著打破了的腦袋繞過電影院時會是怎麼個情景？瑪申卡，您知道哈姆雷特是誰嗎？」

「不知道。」瑪申卡笑著說。

「那可眞是個棒小夥子，對什麼事都格外認眞，是新紀錄創造者。他用自己的血寫出了自己的信念。而他情人的屍體卻在逆水漂流……唉！」

「上帝啊！你又喝多了。今天的活兒准會幹得不像個樣子。」

「喝多了，我？如果說喝了，那也只是一丁點兒，不過是用古希臘傳下的方式消消毒，講衛生……。」

「晚上肯定睡不好了。」主任歎著氣說，並轉向麥特羅電影院女清潔工，「女士，過來吧，我給您記下……」他走到磅秤旁，小聲嘟噥說：「我招誰惹誰啦？」

瑪申卡憎恨地望瞭望主任，輕聲抱怨說：「這眞可怕，我好像在《仲夏夜之夢》裏一樣，漢嘉，我曾經住在一座有十一間房子的洋夢裏，有司機、廚師、女僕。園丁每天都來問我：『夫人，我該剪哪一種花？』可他卻這麼對待人，您親眼看到了。還不到十點，他就大嚷起來：『已經十一點了！』中午對我也是這個樣子，眞是個小丑！」她蹙著眉頭朝磅秤走去，「我該吃午飯去了，他便看看鐘，那鐘上是十二點半。可他大聲嚷道：『那就快吃快回吧，已經一點三刻了！』

我飛快奔向職工食堂，想快點兒要到午餐，我不得不撒謊說我懷孕了。我胡亂吃了一通，回去的時候，那小丑又在看鐘，才一點，可他卻大聲喊道：『你上哪兒去了？已經兩點三刻了，我該吃不上午飯了！』我儘快替他接下磅秤。他換衣服，然後看看鐘：一點三刻，可他盯著我的眼睛說：『現在是一點，我衣服換得夠快的！』等他吃完飯回來的時候，時鐘指著兩點半。他搓搓手自誇獎說：『我夠會趕時間的，才一點三刻！』然後他又雙手合十說：『上帝啊！我簡直是在煉獄裏受罪！』」

「是啊，瑪申卡，」漢嘉點點頭，「有個男孩同我一道上學，名叫甘加拉。『三乘三等於幾？』老師問他。甘加拉回答說：等於七。於是他挨了兩巴掌。老師又問：『三乘三等於多少？』他還是說七。全班同學用藤條抽打他的褲子，再問他：『三乘三等於幾？』他總是說：『等於七。』甘加拉表現得那麼堅信不移，使得老師不得不到教研室去查閱算術課本，他往那兒跑了整整一年，到後來連對算術課本也不相信了。最後，這老師因為甘加拉和那道簡單的算術題弄得幾乎發瘋了……你好啊，你這個老古董！」漢嘉對著安托尼，布拉特拉店的前任經理說。老經理正好推著小車進院子，用煙熏黑的兩隻手高高興興地同他打招呼，並迅速將袋子放在磅秤上。

主任往袋子裏摸了一下說：「安托尼，這袋子裏怎麼濕呼呼的？」

「別急，主任，您平靜一點兒！」安托尼嘰哩咕嚕地說：「袋子是被早上的霧打濕的。」

「霧打濕的？」主任大聲嚷道：「那好，因為早上下霧，扣掉五公斤。」說著，他又伸手到撕破的袋子中去摸。有個小東西掉了出來，還有聲音。

「您做手腳了，安托尼先生。我們這兒可不收金屬，您應該到小魚壙街去！」

「可是主任，平靜點兒，這不過是一個什麼果汁瓶上的蓋子。」

「我這個人可是作過保證的！」主任捶著胸膛說。

「您看到了吧？眞是個狂人！」瑪申卡以鄙視的口氣說：「對一個窮人這麼大喊大叫的！」

磅秤旁邊又有什麼東西噹噹地響了一下。

「安托尼先生，立刻把您的東西包起來，再見！我可不能爲這被關起來！」

「主任，這是誤會……」

「什麼誤會不誤會……我們這兒可不是什麼社會救濟處，是國營企業！您那些破爛還是拉到聖沃伊傑赫街的收購站去吧！」

「可是，主任，您要理解，我從前多少也算個人物，可後來境況壞了。現在一切都晚了……我就是這個樣子了……不能通融一下嗎？」

「規定就是規定！」主任堅持說。

「喂，」漢嘉大聲說：「現在我想起來了，如果輕工業部給我來電報，主任，請叫我一下，那是給我發的。」

「什麼電報？」主任急忙問道。

「沒什麼，我不過是等著部長先生邀請。」

「去幹什麼？」

「沒什麼……我只是打了個報告。」

「什麼報告？」

「關於整個形勢的報告。」

「是誰讓你打的？」

「誰？我自己。我們等著瞧，看怎麼辦吧！」

「什麼怎麼辦？打什麼報告？你這個人，到哪兒都讓領導倒楣。在卡爾林納，你把會計室弄得一塌糊塗，還火上澆油，這還嫌不夠？有人爲這事蹲了班房……可那是誰呢？」

「除了領導，還能有誰？」漢嘉笑了。

「領導！現在該輪到我啦！沒門兒！」主任用兩手表示反對。

漢嘉看著瑪申卡高興的眼神，更來勁了。他說：「主任先生，有時候，人掌握著對別人的權力，是件很開心的事兒。這種權力用不著很大，有一點兒就成，就能耍耍威風。可是，小夥子們，等到春天再來的時候，該多麼美啊！我將站在查理城堡的森林裏，春雨剛過，水珠滴滴嗒嗒，我四下裏瞧瞧，並說上一句：『你們感覺不錯吧……你們這些雲杉，這些松樹，你們也在開懷痛飲啊！』

「你又灌了不少吧？我在這裏就聞到了你的臭味，眞難聞！」

「請原諒，那是洋蔥和大蒜頭的味道，但您要怎麼樣？小夥子們，我要到森林裏去，到我那林間空地去。冬天，我去那兒，四處瞧瞧說：『你們這些樹林子啊，在這兒生活得好吧？你們幹些什麼？』那些樹將對我說：『我們正等著抖去身上的雪哩！大自然將拿上一根手杖，對我們高呼：『烏啦！咱們走！』』」

「這也算一點廢品吧！」主任對安托尼說，付給了他七十公斤廢紙的錢。

「要是我還有點力氣，小夥子們，我會把所有的事都告訴你們的。」瑪申卡有氣無力地說：「可我現在已沒有那個勁了。只有在家裏，緊鎖著房門，躺在床上，在被子裏，大聲自言自語，講出我想對你們講的所有的心裏話……可是，現在，漢嘉，連我的親生女兒也欺侮我哩！她嫁給一個大夫，是個老氣鬼。爲了要我女兒服服貼貼，他每年要她生一個孩子，還要她去教堂唱歌和祈禱。這樣，她就經常上教堂，被那些冠冕堂皇的人弄得兇狠狠的。昨天，她給我來信說，要是我在基督那裏做她的一名姐妹，而不只是她的生母，我的丈夫也不至於死去。可我不是她在基督那裏的一名姐妹，上帝的憤怒便轉移到了全家……好在我在奧爾沙尼公墓還有塊地方……。」

旅行社的鮑切克先生，每個星期都用小車運來各種各樣的廢紙，包括過期的海報之類。他神經不健全，總是來得很晚。

「怎麼樣？要現錢還是拿彩票？」主任大聲對鮑切克先生說。

可是鮑切克先生大概剛剛辦好旅行社的事，還沒轉過彎來，就說：「您打電話還沒有付錢哩！」

一會兒，漢嘉來了。他拿起一片紙在鮑切克先生眼前晃動說：「廢紙！您是在我們這兒……賣廢紙！」

「我知道……」鮑切克先生回答說：「等我走出廢紙站，還要去買香腸。」

大家讓他坐在磅秤旁邊。

漢嘉觀察到瑪申卡一直在沉思，就說：「對鮑切克先生這號人，就得慢著性子磨。他要到死了之後才知道自己已經是死人，一個落下來了的星星。至於您那個女兒，就甭爲她去操心了。」

「她對那些傳教士簡直像著了魔一樣，居然同一位牧師出去打獵。」瑪申卡苦惱地抱怨說。

「這還算不錯的。我就更糟糕，法庭審判長在法庭上說：『您不害臊呀，那麼一把年紀，還有個私生子！您不能注意一下嗎？您多大年紀？』我回答說：『五十三歲。』審判長說：『那您該去買念珠禱告了。』我接著說：『法官先生，可別小看我，我可有男子漢的猛勁啊！』審判長將小錘往桌子上一敲，說：『憑您那男子漢的猛勁，你每個月必須交付一百五十克朗！』事情就了結啦。」

「漢嘉，您這是在什麼地方發生的事？」

「什麼地方……完全是個偶然。愛情是怎麼弄出孩子來的？」漢嘉說：「我們兩人留在拉莫夫卡。您要知道，那也是個廢紙收購站。我們已將門都關上了，我就對肖爾佐太太說：『夫人，假如我們兩副老骨頭坐到一塊兒，您會有什麼感覺？』她馬上面紅耳赤，說：『您是怎麼想的？我可是個正經女人。』當我們一起坐在那有色金屬上面的時候，就……就這麼回事兒了。」

「我給你們運來了廢紙……」這時候，鮑切克先生說。

「好極了，又運東西來了！」漢嘉大聲叫著，幫鮑切克先生抬起袋子。

主任寫好收據，將錢交給鮑切克先生放進口袋裏，讓他把衣服扣好。漢嘉將馬鞭遞到鮑切克先生手裏，拍了他一下，祝他一路順利。鮑切克先生在旅行社將收據和錢交出來的時候，竟無緣無故對領導罵了聲「雜種」！

魯德尼羅娃太太高高興興走進院子裏，馬上又大聲嚷道：「他媽的匪徒！他們就這樣把我叫到居委會，對我說，我們看門的人可不能像在小破村子裏一樣，說什麼應該提高警惕。」那位太太從小車上拖下袋子，繼續大聲嚷道：「我當即指著他們的鼻子說：『你這個辦事員，說什麼廢話？你要知道，我們小破村子裏的人，早就比所有的政黨強多了！」

「太太，這兒還有別人哩！」主任提醒她。

「那辦事員怎麼回答的？」漢嘉好奇地問。

「那個小子，廢物一個！他瞎扯到什麼畫報上去了。先生，我可再也沒有讓他吭聲！」

「幹得不錯，老媽媽！不過說話請小聲點……」主任有點兒緊張，「結五十公斤的賬嗎？」

「不用了，記到居委會的門下。以後他們將送我去休養，至少我還可以有個盼頭。這是很合算的……」魯德尼羅娃太太平靜了些，可是那天早上她又嚷了起來：『眞他媽的，他們還提醒我說：『魯德尼羅娃太太，去宣傳一下參加摘啤酒花的義務勞動！』我對他們說：『要我去說服別人，可那人要是在哪兒受涼了，就會來責罵我。我才不幹哩！還是讓每個人自己作主吧！』」

主任無可奈何地望著天花板。

漢嘉對老太太說：「這是對的。我也這麼幹。我想延長在冶煉廠的義務勞動，把這個想法告訴了頭頭。他十分高興地說：『這是個好主意！你知道嗎，漢嘉，我們要出個快報，說你要延長義務勞動，我們將號召大家像你一樣幹。』他說著，就撥了電話，還說：『高興吧，晚上在快報上就能見到你的名字了。我要讓你上報哩……』但我回答說：『喂，我有個更好的主意。你打電話，讓他們印快報，上面這麼寫：我，廢紙回收站的主任，倡議其他領導人，同我一道下到礦井去。』可是我們主任的手從電話盤上縮了回來，並且說我這是出爾反爾，還說等時候到了，他自己會下到礦井去的。接著他祝我在克拉德諾走運，一個月不是掙一千五，而是兩千，吃得飽飽的，樂意在勞動隊幹活。」

「諸位，行行好吧，別像在草原上那樣大喊大叫了。」主任沮喪地說。

「又怎麼樣？」魯德尼羅娃大聲問道：「我們說到哪兒了？機關裏的人就是欣賞我的誠實。有一回，他們對我說，我，作爲居委會的人，就是人民委員會的延長了的手。我立刻對他們說：『好啊！我是延長了的手，一天天朝臺階下面走，你們的手短，可卻四處揚名。就是這麼回事兒！」她邊說邊用手摳鼻子。

電話響了，主任跑進辦公室。返回的時候，搖了搖漢嘉說：「你又在哪兒胡亂奉承了，是嗎？什麼十二隻公貓？你會把我們全弄進牢房的！明天，人民委員會將派獸醫和助手到這兒來……還要帶來抓動物的網，說有什麼規定，企業養貓不得超過三隻……你哪兒有十五隻貓呀？」

「我不過是想給我們企業做個廣告，讓我們的名氣更大一點兒。」

「我晚上還睡得著覺嗎……？」主任搖頭說。

魯德尼羅娃擦著額頭上的汗說：「我總想把樓梯收拾得乾淨一點兒，可那些頑皮的孩子在牆上亂塗亂畫。」

她去抓轅杆，差點兒沒把它弄脫掉。她走到門口，又回過頭來說：「等到利巴市舉行舞會的時候，我請你們去。我老伴跳舞一直跳到死。再見了！」

她轉彎很急，後輪的鏈條差點兒滑脫了。

瑪申卡摸摸自己的腦袋說：「小姑娘，小姑娘，小東西……你在奧沙尼公墓還有一塊墓穴哩……。」

到下午，漢嘉捆紮完了十大包，盼著到舊書店去。他在廢品堆裏發現幾本書，便裝進了提包，準備拿出去賣，那是他的樂趣。

「瑪申卡，我去市場瞧瞧，看有沒有野雞。」他說。當主任悄悄地走進辦公室時，漢嘉走過窗口，經過走廊，快步竄到街頭去了。

他走進焦街和民族大街交彙處的舊書店時受到了熱情的歡迎。

「漢嘉先生，您還好吧？」書店經理問，將面前的一堆書推開，好看到外面。

「謝謝，經理先生，我好像是如魚得水。自從我成爲奧地利研究協會會員以後，每個星期天都去科涅普魯斯溶洞工作。你們知道，上新世的地層有多美，多叫人高興嗎？舊石器時代也是這樣。」

「對這些玩意兒我們可是一無所知。」經理環視了一下他的職工們說。

「經理先生，把手伸給我吧……好，整整一個星期天，我都在那溶洞裏鑽來鑽去，用放大鏡觀察紋路，記下圖案的尺寸，把材料裝進背包。告訴你們，先生們，當我把資料送到博物館克列伊奇教授那裏的時候，他拿出放大鏡，取下眼鏡，鄭重地說：『漢嘉先生，以科學的名義，我感謝您，祝賀您，這是三葉蟲，編號sp／16！』這時候，我是多麼開心啊！」

「這我們可眞不知道。」經理說。

「這可是我的一個克服不了的癖好。年輕的時候，我家裏有那麼多挖掘出來的東西，滿屋都是。我用兩大卡車運到博物館去了。」

「您太太答應您那麼做嗎？」

「她操心的是其他的事。她是個運動員，一九一九年在捷克就建立了手球協會，那時候她就已經能在身子下傾時擲球了。報紙上全是關於她的新聞。她經過專業訓練。平時，她是酒店老闆。如果小夥子們喝酒不付錢，她就揪住他們的後腦勺，這一來，那些人就老實了。連那位有名氣的弗朗克・羅斯，要是喝了酒不付錢，女老闆也要摘下他的手錶才讓他離開。當然，我太太熱愛大自然。您看，經理先生，我們三人去郊遊怎麼樣？我回到家裏就對她說：『喂，親愛的夫人，我們有三個人去查理城堡遊玩，你留在家裏。我同經理一道去！他很欣賞我，對我特別好……』」

漢嘉親熱地望著經理，使他感到躊躇不安，他說：「可我沒有時間。」

「還是去吧，就這一回。您知道嗎？這對您是很有意思的，您的名字將首次出現在博物館。在研究上，我可是個工作狂，幾乎將納瓦羅夫城堡全刨了一遍，憲兵不得不將我強行拖走。」

「得了吧！可您給我們帶來了什麼好東西？」經理先生問，因爲他想起來該吃午飯了。

「馬上！等我將包打開就是。不過，先生們，你們難以相信，我們遭到了多大的不幸！我們主任住院了，他在霍澤尼打獵，被槍打傷了。有一名政府顧問往獵槍裏裝了二十克霰彈……」

「您皮包裏裝的什麼?」

「啊!那可是稀世珍寶,高級的東西,要送到拍賣行去,而不是交給這裏。是羊皮裝幀的歌德的書。」

「可是,可是……」經理爲難地掰動著手說:「您很淸楚,德國的經典作品,我們這兒是數以千計。我不是同您講過嗎?……我們有特舍比茨基、萊伊斯、伊拉塞克、文德爾❼……」

「沒有關係,這本書我拿回家去讀。您知道嗎?現在我在看守一座橋,那兒常有騎兵侵犯。我回到家裏,煮四個馬鈴薯,外加奶酪,啤酒,一邊吃,一邊讀《浮士德》,還有多拉台諾❽豐富的插圖,夠精彩的。他媽的,那小子有時簡直超越了巴洛克藝術……那些小天使畫得精美絕倫,對吧?當然,這要瞭解羅馬的石棺……」

「可這本上蓋有考門斯基圖書館的圖章!」經理指著書說。

「那是弄錯了,可以設法用橡皮擦掉。書是圖書管理員送給我的,因爲我送了查理城堡一本《聖昂德舍伊之歌》。您知道,本來我是可以擔任查理城堡的司令的。」

❼全都是捷克作家。

❽多拉台諾(一三八六—一四六六),義大利文藝復興時期畫家。

「爲什麼您沒有當上呢？」

「因爲我把保證金拿去買酒喝了。是不是請您把多拉台諾的插圖收下？我要錢用呀！不過不是我本人，是我一個朋友的妻子在門外等著。那個朋友在欄杆旁打噴嚏，不愼把臉碰傷了，他老婆要給他做雞蛋麵包。要是你們見了，也會同情他的。他用帆布帶托著手，要是在從前，他就得沿街乞討了……請收下吧！」

漢嘉弓下身子，脫帽，卑微地跪下請求說。

「您起來吧！」經理有點侷促不安了，「多拉台諾的畫我買下。但《浮士德》一書，您拿到十月二十八日大街舊書店去試試，行嗎？」

「您能讓我自己打個電話嗎？」

經理將窗臺上的電話推了一下，漢嘉戴上眼鏡。所有舊書店的電話他都記得，他開始撥號碼了。

「哈囉……您是哪一位？科澤爾先生嗎？……我也很高興！啊，是我，漢嘉，奧地利學會會員……是的……我剛從茲布拉斯拉夫❾開車過來，不……我是在科學院打電話。我有一件會

❾位於布拉格以南的一城鎮。

叫你感到驚喜的東西……什麼?……不,不是……我保證……我有門茨爾教授的證明。對您來說,我的確有件特殊的東西,維倫諾夫斯基⑩的《眞菌學》……對嗎?我就來。」

他掛上電話,俯首看看小桌子。

「小姐,請給我開個證明,就說因為清理圖書館,我幫了忙,您送我一本維倫諾夫斯基所著的《眞菌學》,我在這兒簽個名。」

「漢嘉先生,這可不成,您再到斯科熱普書店去問問!」女出納笑著說。

「這倒是個主意。女士,我打個電話可以嗎?」他問,馬上就撥起電話來。

「古切拉先生在嗎?請他接電話。」

他捂著話筒說:「現在您知道我是什麼人了吧,女士?」

「您是古切拉先生嗎?」漢嘉弓著身子問:「您是否還記得,古切拉先生,我們一起代表捷克斯洛伐克隊打過冰球嗎?我是誰?……是漢嘉呀!就是打左鋒的那個漢嘉呀!您常說,我的打法有點像魯迪・波爾、像比比・托里安一樣機靈……不是,我們剛從姆涅爾尼克⑪檔案庫

⑩維倫諾夫斯基(一八五八—一七四九),捷克植物學家和古生物家。
⑪位於布拉格以北的一座古老城市。

來……不，我是在科比利斯⑫打電話，我們的車輪爆了。可是我有一本珍本書，您會高興的。書保存完好，色彩絢麗。一個小時以後我到您那裏，把東西帶去，是些很實用的書……有斯摩特拉赫的《蘑菇與捷克烹調》……還有《蘚苔生長的地方》……要我馬上就去嗎？有的是時間？您不知道嗎，我們廢紙回收站遭了大災，都給火燒了，機器也燒了，我只搶救出我身上帶的東西……好，一小時以後我去您那裏。」

他放下電話。

「怎麼樣，您知道我是什麼人了吧？」他對著出納說。

「是一個會吹牛的……壞蛋。」女出納笑著說，臉都紅了。「我這麼說，您不生氣嗎？」

「可是，女士，一個有教養的人總知道講分寸。」漢嘉從皮包裏取出來一本書，放在出納小姐面前。

「有知識的女士應該知道，米開朗基羅是什麼人。這是羅蘭寫的關於這個人的書……僅賣八克朗。」他說。

「我給十克朗。」經理把錢放下說：「已是中午，我們關門了。」

⑫布拉格的一個區。

在舊書店對面的快餐店裏，漢嘉要了點兒辣味酒。他走到一個角落，觀賞進來吃東西的人流。他透過櫥窗朝外看。人們首先停下來，注視櫥窗裏陳列的烤雞、烤鵝、肉卷、吉卜賽煎肉、夾肉麵包……選定食品之後，舔舔舌頭，吞點兒口水，然後進快餐店排隊等候。他們焦急地望著，相互點頭微笑。當他們站到女售貨員面前時，又變得格外緊張……漢嘉最注意觀察這一時刻：每個人幾乎都在擔心，不知道能否得到那一塊最好的肉。接著，用犀利的目光盯著磅秤，看會不會上當受騙，摳他幾克的秤……最後，每個人端上自己的一份，找個角落，像個野人一樣，狼吞虎嚥地吃起來……。

漢嘉喝完酒，摘了一枝文竹放進皮包，有一小段露在外面。當他再度觀察進餐的人們時，看到大夥兒都吃得津津有味。他將杯子送還賣酒的人，對他說：「朋友，您瞅瞅那些人吧！我養小兎的時候，有一天忘了餵它們，到晚上十一點才想起來，趕忙將苜蓿草扔到兎籠裏，小兎們也是這樣爭先恐後地搶著吃……。」

漢嘉指著那些朝下伸著的脖子和活動的上下顎。然後走出活動門，連走帶跑地到街上去了。

穿過走廊時，他的腳步很響，一進院子便對主任說：「這怎麼不叫人生氣呢！市場上連一克蒜也沒有，野雞我壓根兒就沒見著。」他指著皮包說：「我只買了幾枝文竹，讓精神愉快一點兒。」

主任在院子裏來回走動。漢嘉注意到，他是在搜腸刮肚，尋找所有恐嚇人的字眼。必須馬上去同他聊點兒什麼。

「主任，市場上的人說，有個部門的頭頭去到礦區，護林人員正在爲他尋找一頭母鹿和它的小鹿……」

「聽說是母鹿帶著小鹿在遊逛。」主任說。

「是的，後來，那個部門的頭頭開槍打中了母鹿的腦袋……」

「天啦！你們從哪兒聽來的？你是不是偷偷地爬去聽到的？人家說……那個人將母鹿扔在一個房間裏，不是打中了腦袋。只有豬和你才有腦袋。」

「那就算是在房間裏吧！後來人們還說，那個頭頭割了鹿的後腿就溜走了。」

「你是從哪兒聽來的？」

「那兒的人都這麼說……不過，反正都無所謂。」

「什麼？無所謂？你知道嗎，這是犯罪！把鹿宰殺了就一走了之！」主任罵道：「那個王八蛋！流氓，土匪，偷獵者！」

「那該怎麼辦呢？」漢嘉故意裝出一副傻相問道。

「怎麼辦？那可不是舉行個什麼儀式，感謝一下聖·胡伯特就可了事的問題。」

「感謝誰？」

「聖·胡伯特，獵人的保護神。對打獵的人來說，他是至高無上的。」

「這樣的鹿怎麼用槍去打呢?我聽說，可以用詛咒的辦法將鹿殺死。」

「什麼?」

「用詛咒的辦法來殺死鹿。人待在樹林空地上窺伺著，等鹿從林子裏跑出來，你就直盯著它的兩眼一陣叫嚷，也就是詛咒，鹿就會倒在地上，一下子就完蛋。」

「我的上帝!」主任用手捂著耳朵說:「難道像鹿這種森林的幽靈會這樣?它難道是頭笨牛?你一碰得樹林響，鹿就會被嚇跑的。只是那可憐的東西在發情期裏，你就是把獵槍放在它的頭上，它也不會逃走，因爲它正在狂熱狀態之中。在發情期裏，它的體重要減輕三分之一……這是激情衝動把它弄成這樣的。後來，它就躺在泥潭裏叫個不停。」主任滿懷同情地說。

「這種鹿的發情期有多長?」

「難道它是隻小兎?是鹿在發情啊!這是獵戶的準確說法。這時候不用獵槍，鹿自己也會倒下。據說，鹿沒有眼睛，但是能見到光;沒有血液，但是有顏色。鹿死去之後，被放在花上……獵人脫帽，作禱告，感謝聖·胡伯特給人們帶來獵獲物。」主人從頭上取下帽子，雙手合十。

「你看。」主任的口氣緩和了，將漢嘉的手臂挽住。

主任挽著他走到院子中間，接著跪在地上，用手指在骯髒的地上劃了幾下。

「這是什麼?」他問。

「母羊。」漢嘉說，同時盯著瑪申卡。瑪申卡正站在木箱上，一隻手在撫摸著前額。

「這是一隻鹿，一隻死了的鹿。」主任大聲喊著，不過一會兒就平靜了。「給獵人帶路的，可能是礦區的主人，要不就是守林人，那個傢伙折斷兩根樹枝，一支遞給獵人，放到獵刀上；另一支揷在子彈穿透的地方……那個地方叫子彈孔……」

「對，可要是有好幾個彈孔呢？」

「你說什麼？」主任問，儘管他聽得很淸楚。

「是這樣，假如用霰彈打一隻鹿呢？」

「蠢驢！你怎麼將偷獵者攪和進來了？一個眞正的獵手只使用打獨子兒的獵槍。那第二根樹枝揷在舔東西的那個玩意兒上……」主任摘下露在漢嘉皮包外面那枝文竹，再次跪到地上，將枝子揷到他們剛才談到的那個地方。

「用獵人的話來講，舌頭就是舔東西的玩意兒，對吧？」漢嘉問。

「舔東西的玩意兒，就叫舔東西的玩意兒！」主任大聲說。當漢嘉打開皮包，倒出剩下的文竹時，主任還想更加大聲地叫嚷，可他這時又想起了那十五隻公貓。

這時候，基佐羅娃太太推著小車進了院子。小車用鐵絲捆得很結實，可以一直拉到磅秤旁邊。那兒總是堆滿了東西。但基佐羅娃太太感到高興的是，沒有擋住她的路。

漢嘉對瑪申卡說：「現在我來做個試驗，您看著，主任會怎樣跳進廢紙堆的吧！」

他舉起第一本書，把它翻開，是一本《最高法院的判決》，可漢嘉卻大著嗓門說，爲的是讓磅秤附近的人也能聽清：「喂，瑪申卡，都是關於鹿的精彩照片啊！可全是德文的……怎麼辦？」主任在磅秤旁邊專心聽著。

「《關於森林的情景》⑬……怎麼處理？」漢嘉重複說，當他看到主任在咂舌表示滿意恢復常態時，便使勁將這本書往二十噸重的廢紙堆裏一扔。

「你，你，你，是成心這麼幹的吧？」主任大聲說著，跳進了廢紙堆，往書掉進去的那個位置亂摸一通。

「你，你早就知道，我多麼喜愛這些東西，要是有勞比拉赫法國的優秀著作就更有意思了！」

「書名是這樣嗎？您怎麼不早說啊？」漢嘉表示驚訝說。

「你，你這個刑事犯！」

基佐羅娃太太將小車翻過去，輪子朝上。問道：「漢嘉先生，您能幫我修一下嗎？」

「沒問題，夫人！」漢嘉說，又對著主任喊道：「燒起來了……開始燒著了！」

但他心裏明白：書在往下滑，一直滑至地下室。

⑬原爲德文。

下班後，漢嘉照往例去教堂，幫教堂看守劈柴。教堂旁邊有座倉庫，堆著五花八門的不再用的祈禱器皿，如破凳、講壇、壞燭臺和幾十個木雕，談不上是藝術品，是從製作木頭天使和木頭聖徒的工廠弄來的。教堂兩側的祭壇撤銷之後，牧師先生吩咐將損壞的雕像也放進倉庫去。

漢嘉說：「您在看什麼？眞像有蜜蜂在您這兒飛哩！」

教堂看守⑭拿了木雕羊到院子裏，指著教堂說：「我們這裏的羊可眞煩死人，他們偷院子裏的花，扔得滿祭壇都是，還責備說：『假如你們是上帝的僕人，就應該天天給花澆水，剪花莖，往花盆裏撒鹽。』您要知道，一百二十個小花盆，其中一半是赫利歐斯牌水果罐頭和碎牛肉罐頭盒……。」

「你這麼個心煩氣躁的人，怎麼不結婚呢？假如一個人能有個說知心話的人，假如您半夜能叫醒您的老婆並對她嚷嚷說：『現在我才知道我家裏有了個什麼人啦！把整個餐具櫃拉得靠近自己，那該有多好！以後你肯定對世界、對親人會有一種更寧靜的看法和心境。』漢嘉這麼解釋了一番，接著又問：「我該先取出哪個天使？」

⑭指教徒。

「這都一樣，漢嘉先生。就把背後拖著鐵鏈的那一位取出來吧！」他們將大天使加百利的雕像磕磕碰碰地搬出來，碰上了正在燒著的木頭劍。又將它放在雕刻的羊上面，兩人都出汗了。

「我們眞有點像急救人員……」漢嘉說，同時注視著加百利天使⑮凝望前方的那對活潑的眼睛。他說：「要是有了小孩，婚姻是令人振奮的。以後，要是警察把您的兒子送來，或者讓您爲女兒受欺騙而擔心，那種感覺也不算怎麼壞吧……我把天使的翅膀砍掉吧，可以嗎？」

「行。」

教堂看守望著漢嘉兩斧頭砍掉了天使的翅膀，眞是乾淨俐落。砍的時候，那翅膀彷彿在搧動。漢嘉說：「你們這兒要是能找到刑法法典就好了。我從管風琴上面往下看，一個年輕的女人正在主祭壇下面偷花枝。我跑上前去說：『太太，這可眞是犯瀆聖罪啊！』她卻回答說：『那您就把那些花吃下去吧！』我的上帝啊！」

漢嘉神魂蕩漾地說：

「有一次，我同一位女人歡度了一個美好的假期，我陪她到火車站，她乘車回家了，我一

⑮基督教《聖經》和伊斯蘭教《古蘭經》所載一位天使長的名字。

個人留在那裏待了一個星期。我就像一頭從山毛櫸林中走出來的豬，哼哼叫嚷著……可那些雕像燒起來，火一定很旺。我也願意試一試，先拿天使的翅膀當火引子，再放上它的四肢，連它那伸著的手指也扔進去。」

「這種木柴燒起來的確很旺。」

「我看也是，可我一想到砍天使的腦袋就像賣肉一樣，就覺得那一對藍眼睛總在盯著我，讓我感到有幾分恐怖。天使也有著人的模樣啊！活像某個捲髮的足球運動員。您知道嗎，將天使砍掉半截的時候，我總在想，它該不會出血吧？」

「那是因爲您初次幹這個活兒，我當時也有同樣的感覺。可又有什麼辦法呢？博物館不願意要，教堂裏又用不著……注意！」

大天使加百利被砍成兩半了，腿掉在雕刻的羊那一邊，身子掉到了另一邊，頭則落到木屑中去了。

漢嘉注視著雕像的眼睛。

「天哪，這個雕像跟那個同我打橄欖球的服務生長得一模一樣。他是馬爾拉塔酒吧的服務生，在布拉格二區，克熱門街上。過去他當棒擊手在卡爾林雜耍隊表演。玩雜耍時，藝名叫約翰，平時叫普西比爾。」

「您打過橄欖球？」

「那是年輕時候的一種樂趣……」漢嘉說著，將天使的肢體放在羊的雕像上。「我可算是創建A、C斯巴達橄欖球隊的見證人。教練是法國領事坎拉斯。他將幾位田徑運動員、屠夫和拳擊者拼湊成第一個球隊。一個隊員名叫杜沙，是維索昌區來的；布雷特什奈爾，是弗肖維采區的；球呢？是我從拉特先生那兒硬要來的；杆是斯拉維亞隊給的。這個隊希望在布拉格有個對手……您怎麼總這麼悶悶不樂？」

「有人在教堂裏折磨我。今天我碰到一個老頭，坐在長凳上，虔誠地望著祭壇，將拐棍夾在兩腿中間。我從唱詩班站的高臺上一看，您說，他在幹什麼？老東西正往棍子上撒尿。尿從拐棍上流到地板上。我眞想將整個教堂掀掉……您繼續往下講呀！」

「球隊裏的幾個屠夫答應認眞地打球，訓練的時候總是有很多人。在更衣室裏我們彼此瞅著對方的身體……大家都在想像著如何對付那些英國佬⑯。喏，屠夫們的想像力都很豐富。第一場我們同布爾諾大學生隊比賽。賽前握手的時候，他們的手都發抖，好像在等著挨整一樣。」

鋸雕像的鋸子已經抽了出來，因爲加百利天使的頭只掛著一點兒，教堂看守一使勁，那捲髮的腦袋便鋸了下來。

⑯橄欖球是英國人發明的，所以他們想像著他們的對手是英國人。

「開始打球的時候，名叫馬哈奇的屠夫說：『漢嘉，注意他們右側的三號，我討厭那個傢伙，別讓他越過白線！』我們就這樣打了一刻鐘。現在……」

漢嘉四下張望著，然後將砍下的木雕腦袋夾在腋下朝院子裏跑去。

「馬哈奇將球傳給我，我得到球就往前衝。對方一窩蜂衝了過來，我摔倒了。有個人壓在我身上，可我死抱著球不放！」說著，漢嘉摔了一跤，兩手還將那個木雕腦袋抱在胸前。

「小夥子們高喊：『漢嘉，還差兩米！』幾個屠夫將那些大學生阻攔住。跑過來的人都壓在我身上……。一個傢伙壓在我背上……一直壓到我的胳膊這兒。」

漢嘉很吃力地將木雕的頭推到木棚門口，彷彿倉庫中所有的天使都坐在他的背上。

「前面兩個人坐到地上了……。」漢嘉接著說。

他站起來，拍拍身上的塵土。

「但後來，布爾諾隊看清楚了，全力壓了上來。杜沙用拳頭打那頭蠢牛，可是大學生隊技術好，相互傳球，動作像翻筋斗一樣。他們進球了……你總在想什麼？」

「您知道，他們從查理廣場一所監獄裏放了一個人。天知道是怎麼回事兒！那個人到我們教堂裏來換衣服，將他穿髒了的衣服扔在椅子上，塞進祭壇裏。還有醉鬼進來，在教堂門後面嘔吐。教長先生寬容地說：『我們是基督教徒，要多多原諒別人。』您知道，教長先生原諒了，可我還得去打掃，當時我正上病號食堂吃飯……好，我們再鋸一個……。」

「哪一個？那個有藍色翅膀的？還是那個好像在扔鐵餅的？」

「鋸那個像在跳搖擺舞的吧！您知道，漢嘉，在教堂裏，惟一讓人喜歡的只有那些談情說愛的人。他們在大柱旁邊接吻，這對於天庭肯定也是件愜意的事兒。我要是碰上了在講經堂下面扯吊襪帶的年輕姑娘那就糟糕了，她肯定會罵我：『你這個畜生，不會把身子轉過去嗎？』告訴您，漢嘉，如果是上帝，一定得有健全的神經才行……」教堂看守小聲說。兩人繼續鋸那個跳搖擺舞似的天使。他接著說：「教堂裏的那些畫也沒法叫我開心：血淋淋的身子，我都看膩了。捅在人體上的長矛短劍，翻起的眼睛，我也看夠了，生活中難道沒有更教人高興一些的事嗎？」

「我也這麼覺得，」漢嘉將一隻羊雕刻放在胸前說：「所以，我在你們教堂裏，最喜歡的是那位聖．普羅斯帕爾，他是一位羅馬百人大隊長，一位特別逗人愛的小夥子。一眼就能看得出來，他是個運動員。從他的骨骼也可以看出。他躺著的那姿勢多麼風流！身上繫著條帶，披著頭巾，活像一條蠶……只是像在炎熱的夏天裏打瞌睡。」

「大概只有您這麼說。但我明白，爲什麼多數人朝櫥窗裏看他。母親把小男孩抱起來說：『貝比克，你看到了嗎？』人們想瞭解點裏面的趣聞，像看蠟像陳列館。我爲他們祝福，不過我對這個已不感興趣。您說說看，要是您的爸爸或者爺爺死了，您也會將他的像擺到櫥窗裏嗎？要是按我的想法，我就會將普羅斯帕爾埋掉，托他的福，地裏還會長出有用的東西來。」

他們將飄動頭巾和擺動小腿的那半截天使放在羊的雕像上。

「它好像在游自由式。」漢嘉說。

「有點像。您知道嗎？我到處在尋找自己，哪怕找到一點點也好。我更像灰姑娘或小僕人之類的人，從小一直到現在，只對地理課裏幾個大洋中的小島感興趣。那是遠離航道的小島。但只要有人、動物和植物就成。你們主任告訴我，他有個朋友，是政府的顧問，每年休假本來可以到世界的各個角落去的，可他總是去一個固定的地方。三十年了，他只去赫爾戈蘭⑰附近的一個小島。據那位老先生講：『應該去看看！那是個很小的島，上面住著一個農夫、他的妻子和十八頭花奶牛，然後就只有我、帚石南、沙粒、大海和天空。』您還想要什麼呢？」教堂看守又在幻想了，「我也喜歡星星，什麼參宿四⑱、畢宿五⑲，最好是沒有取名的星……像我一樣。這我就好理解，也不會那麼孤獨了。特別是現在，教堂的婚禮少了，洗禮少了，當然錢也少了。這樣一來，我每星期不得不下兩次礦井，到克拉德諾，上一次班掙四十八個克朗。」

⑰位於德國。

⑱又名獵戶座α，是已知體積最大的恒星之一。

⑲又名金牛座α，爲金牛座中的紅色巨星。天空中十五顆最亮的恒星之一。

「天哪，到那鬧哄哄的克拉德諾？橄欖球中歐杯賽之前，我們在那兒進行熱身賽。他們用英語歡迎我們。工作人員在辦公室對我們說，希望我們比賽時拼命地打，因此我使勁衝，壓。有位姑娘，大夥兒叫她芭拉布爾小姐，她說：『小夥子們，下半場球，你們是專門爲我打的，病房裏如今一個人也沒有，可你們要是不認眞打，就別想健健康康地回去。我給你們準備了定金……瓦茨拉夫，給運動員先生們拿十五瓶葡萄酒來！』接著她又掏出五百克朗給酒館服務員說：『你們要是打出英國風格來，還可以從瓦茨拉夫這裏得到這一點兒小意思，外加十五瓶酒在路上喝。』我們於是拼著命地打了一場。芭拉布爾小姐站在椅子上大聲喊叫：『加油，加油！烏拉！』我們打得昏天黑地，爐渣橫飛。該去換衣服的運動員站在看臺上大喊一聲：『不好啦！』從城裏趕來的第一批人到了！運動場上出了什麼事？城市和運動場上的人亂成一團，已分不清哪兒是城裏來的人，哪兒是運動場的人了。」

漢嘉舉起一個天使雕刻說：「我把他的踝骨砍下來行嗎？」

「隨你的便。」

「那好……比賽結束，現場工作人員不得不將我們保護起來。不少人向我們吐唾沫，想狠狠揍我們一頓。您注意到沒有？在運動中，最大的丟人事件往往都是觀衆幹出來的。警察說：『小夥子們，你們應該到我們這兒來過守護神節。就在這個星期天，謝謝你們！克拉德諾有兩個屠宰場，市內一個，這兒一個。』俱樂部的醫生將藥全用光了。我們已將那十五瓶酒擺成一圈。可是，老兄，你別這麼愁眉苦臉的，就像要娶老婆似的。」

「我是爲我自己難受。人究竟是什麼？在礦井裏，工頭領著我們在木板上走，木板搖搖晃晃。我們像沒有出師的徒弟，邊走邊說說笑笑。昨天，一個人的手電筒滑掉了，一直往下墜呀，墜呀，掉進了深坑。您知道，往回走的時候，我就只好在木板上爬行了。有些人小心翼翼地走著，一聲也不敢吭。只有工頭笑著說：『我們不清醒的時候，是礦工，等到我們清醒了，也就該倒楣了。』」

教堂看守的臉陰沈沈的。

「我們再鋸一個就夠了。您有時間嗎？」

「有，」漢嘉點點頭。「可是鋸哪一位天使呢？」

「那一位，他好像得了……」教堂看守輕輕地說著，又住口了。

「我是多神教。」漢嘉說。

主任洗完澡，關上廢紙回收站的門，徑直朝教堂走去。在陰冷幽暗的教堂裏，他踏著棕色地毯，莊重地走向祭壇。

他跪下來，醞釀情緒，準備做禱告。教堂看守拍了一下他的肩膀。

「對不起，打擾您了吧？」他問。

「沒有。可是您這個人，不到我們院子去看看？」主任抬起頭問道。

「我要去的。可現在我想給您看件東西，問您一點兒事。」

「請吧！」

「冷不冷？我們到聖器室去吧！」教堂看守說著，用膝蓋將門頂開。「您看，過去我常對您講，在這兒，夏天也像冬天一樣冷，您不相信。就是現在，我襯衣裏也揣著報紙。」他說著，拍了拍身上，報紙沙沙地響。

「您只要去我們院子裏，要什麼報紙隨便挑好了。」

「我一定去。但您再往前走一走。」

主任打量了一下聖器室。有個角落裏豎著一尊雕像，襯衣敞著，他的一隻手指向鮮紅的心。緊挨著這座雕像的是一個供教堂照明的配電瓶，上面全是保險絲和開關，像工廠裏一樣。

「這兒掛的是什麼，可以瞧一下嗎？」

「當然可以。」教堂看守說：「那是一位自行車賽手的照片。教長先生說，這照片使他力量倍增。」

「這玩意兒可以掛在教堂裏嗎？」

「我們教長說，就該掛在教堂裏。那人多次獲得法國環行賽冠軍，名叫吉諾・巴托利，是僧侶團的弟兄，法蘭西教派的成員。」

「可要是主教大人來視察怎麼辦？」

教堂看守打了個哈欠，走過聖器室，在小窗下看一份剪報。

「這兒是……聖父同吉諾・巴托利進行友好談話的地方。」

「現在我明白了。進入上帝王國的，也要身強力壯，也就是說，運動員。此外，已經死去的教皇，就是一位出色的運動員，大主教利希滕斯坦又是一位好射擊手……不過教長不會到這兒來吧？」

「不會，」教堂看守擺手說：「他外出打籃球去了，是騎摩托車去的。」

他打開抽屜，取出照片。

「這位叫理查茲，撐杆跳達到四・六九米。」

「教長沒將他的像也掛上？」

「不能掛。理查茲是新教派神甫，人們稱他爲飛人教會代表。他是第一個試圖靠自己的雙臂接近天國的神甫。可他是新教教徒，這讓我們教長十分傷心。還叫他感到難過的是，赫爾德這位標槍世界紀錄創造者是在祓除儀式之後的第二天打破紀錄的，而這個祓除儀式卻是在新教牧師那兒舉行的。這一張照片是文茲，他在舉重之前還讀《聖經》。這些世界冠軍沒有一個是僧侶，也不見一個天主教神甫，這讓我們教長格外傷心。今天他打籃球去了，還帶著幾個籃球運動員的照片。有哈萊姆市[20]的幾個瘋狂的黑人，他們在甘多爾沃別墅，當著教皇的面打了一場比賽。爲了這事，我們教長可操心哪！差點兒沒在講臺上大喊大叫說，要是耶穌再次降世，肯定也會跳撐杆跳或者打籃球……請告訴我，您是獵手，這是什麼？」

教堂看守從櫃子裏取出一本相冊扔到桌子上，說：「這是什麼羽毛？」

主任拿起僧袍，端詳了一會兒，有幾分驚訝地說：「這是孔雀羽毛呀，上面的血跡也是孔雀流出來的。因爲有些孔雀毛上就有血痕。」

「這我倒想知道，」教堂看守笑著說：「爲什麼教長對一切都感到傷心難過，惟獨對他們在教堂裏吃孔雀肉不感到難過，而且連一小塊都不給我嘗一嘗。」

「他在什麼地方把它打下來的？」

「什麼地方？耶塞尼克㉑附近唄！教長的朋友死了，他騎著摩托車去安葬他。可打獵必須得到許可才行。您知道，我們教長有點風流，他連僧袍也要縫得正合尺寸。所以他三天之後才回來。我一眼就看出，他袖子裏塞得有東西。大概是相冊裏裹著隻孔雀吧？可一點兒也不讓我嘗一嘗。」

⑳位於美國。
㉑位於捷克東北部。

「那確實值得您遺憾一番。孔雀肉可是特別好吃啊！它只吃嫩苗幼芽……您知道，打獵有多開心啊！不過您要接近孔雀不知道要費多大的勁哩！」主任說：「很遠你就聽到它的叫聲……一下一下……所謂的『數數兒』，叫得很快，大概是這樣的！」

主任從大衣口袋取出鉛筆，用力在木箱上敲。

「在它這種所謂『數數』的時候，您一步一步地接近它。如果它不叫了，您也得紋絲不動。」主任朝前走了幾步，停在聖器室中間，然後將手指輕輕放在嘴上。

「噓……您必須等待那種好像咬核桃的聲音，就像您開瓶塞的聲音一樣，大概是這樣的！」

主任把食指塞進嘴裏，表情嚴肅，接著，狠狠地吹得一聲響。

「就是這樣！但您還是一下也別動。」

「要不然它會飛走，是吧？」

主任點點頭，彷彿他一開口，眞有孔雀要飛走似的。他朝上看了看，站在一根松樹枝上的雄孔雀正在向蹲在下面灌木叢中的雌孔雀求愛。

「天快亮了……您可以看到這羽毛豐滿的鳥之王在空中飛翔，它的頭部已是充了血一樣的鮮紅，羽毛張開，不停地發出窸窣的響聲……。」主任用奇怪的語言低聲說，然後調轉頭來，發出雄鳥發情求雌的鳴叫聲，兩個手掌在膝蓋上不停地撲嗤地擦磨著。

「這就是所謂的擦磨。這以後鳥兒便什麼也聽不見了，您可以徑直走到樹底下。」

他往前跳躍了兩步。教堂看守看到，他舉起了槍——實際上他沒有槍——瞄準那歌德式花葉圓飾拱頂，扣扳機。教堂看守彷彿看到：一隻可愛的鳥兒受了致命的傷，從上面的樹枝掉到了下面的樹枝上，一直掉到佈滿露水的針葉上。

他們站在那兒沉默了片刻。

主任第一個大聲叫嚷起來：

「這些獵手，打孔雀就像打野雞一樣，在光天化日之下，簡直是犯罪！」

「噓！噓……我們是在教堂裏！」教堂看守說。隨後他慢慢收起相冊，將它和圖片一起裝進抽屜裏，用肚子一頂，關上了。「唉……我失去了許多東西，眞可惜……」他若有所思地說。

「您明白就好了！」主任高興了。

「我們該走了。」教堂看守咳嗽起來，又用手捂著胸膛，身上的報紙沙沙地響。

他們走進陰暗的正堂。地毯的盡頭是大門，外面已經是白晝，紅色的電車已在行駛。

「從街上看教堂，好看；從教堂望街道，也好看……」教堂看守說：「但您注意一下長明燈。」

「什麼？」

「長明燈。」教堂看守重複說。

「啊……長明燈！好像是有光在閃亮……。」

「要是眞有閃光，那可太妙了……。」教堂看守笑著說：「它根本就不亮，不亮！但教長先生現在操心的是小教堂的事，想在它周圍安裝霓虹燈。知道嗎？霓虹燈！但長明燈不亮了……教長先生急急忙忙到薩瓦河看水去了……長明燈已經一個星期不亮。副牧師騎摩托車上摩德尚尼打籃球去了，還要去野營地彈吉他，演奏《上海，那遙遠的地方……我的輪船就要啓航……》，所以，長明燈亮不亮，對他毫無妨礙。可我一個人在這兒，孤零零的……沒有長明燈。」

教堂看守拍拍上衣說：「主任，您聽我說，您和我們的副牧師，兩人共有一條獵犬，是眞的嗎？」

「這種廢話只有我們漢嘉才能胡說得出來。」

「對，是他告訴我的，說那條獵犬名叫圖賓根，你們下午還得牽著那條狗去看獸醫，因爲狗的耳朵裏一隻壁虱。」

「我的上帝啊！那小子是想要我蹲監獄啊！」

「小聲點！我們這是在教堂裏。」

「是他瞎編的，他可會胡吹哩！我的朋友們來看望我……漢嘉竟然對他們胡說我發瘋了。」

他們邊說邊走到了教堂前面。

「我發瘋了！……我晚上還想睡好覺!?……」主任氣憤地說。

「可您還得到我們院裏去取報紙吧？」他好心地說，向查理廣場走去。

一九四七年洗禮

他坐在縣級公路邊上的小溝裏。夕陽西下，星星還沒出來。他坐在溝裏望著汽車和摩托車在國道上行駛。一輛小汽車開了燈，迎面開來的車也開了燈。國道上的黃昏就這樣降臨了。所有的車輛都在它前面的柏油路上羞怯地向下撒著微弱的光。第一輛車換成了強光，光芒射到林蔭道兩旁的樹上，彷彿給噴了一層石灰，國道上的黃昏就這樣降臨了。

他看到，一輛大轎車開著燈駛過來，停下，一會兒又帶著紅寶石般的尾燈離去。他看到，那是他要乘坐的公共汽車，去一座小鎮，他在那裏已預訂了過夜的房間。可是他依然待在縣級公路邊的小溝裏，凝望著田野間的幹道。車燈彼此交叉，閃著紅色的光芒，相互有禮貌地打燈光問好。尾燈的距離，漸漸地遠了。

他身後，是密密的樹林。林區的邊緣，豎著獵舍的院牆，從獵舍裏出來一盞綠色燈罩的小燈，節奏均勻地來回移動，但是看不見持燈的人。不一會兒，樹叢將燈光遮住了。「是誰在茫茫林海旁的小屋手持煤油燈呢？」他想。國道上投射過來兩盞聚光燈，使他感到刺眼。剎車的聲音，軋軋地響著。

「您想搭一段車嗎？」一個聲音親切地問。

「是啊。」他回答說，手撐著溝沿，跳上公路，弓身進到車裏，坐到司機旁邊。

「您上哪兒去？」司機問。

「到您去的地方去。」

「這麼說，我們走的是同一條路!?」司機笑著說，將車門的玻璃放下，手掌對著涼風，感到分外爽快，因爲有股晚風從他手指縫中吹了進來。他滿意地說：「這有點兒像我媽媽的佐料櫃的味道。」

「這兒是橡樹林？」

「是山毛櫸樹……。」

「可惜，我那叫人喜歡而又走運的牌是花九❶，死鳥一隻。」上車的同路人說。

「您聽見沒有？」司機說，「那是辛達普牌車，跑得多歡快啊，聽到了嗎？像寶馬牌摩托

❶捷克紙牌的一種花。

車！」

摩托車轟轟開過來，一晃就過去了。閃亮的燈光，臥式汽缸。「那是辛達普牌車。」他得意地說。

「您是幹什麼工作的？」司機問。

「提供殯葬服務的。」

「是嗎？」

「是的。您愛您的媽媽嗎？愛您的爸爸嗎？那就預先爲他們支付在阿里馬特的講排場的葬禮費吧！」他又用另一種音調說：「那是一家公司，我是它的代表。」

「眞的嗎？」司機十分驚異，緊緊握著方向盤。

公路遠處，一隻野兎蹦蹦跳跳。當車燈照著它時，它瞪著兩眼，有點發愣了。司機加大油門，野兎從燈光的魔力下逃走，跳進溝裏去了。它那潔白的毛，淹沒在安全的黑暗之中。

「他媽的！」司機鬆了勁。

同路人說：「葬禮可以辦得很像樣。碟盤上擺滿煎好的洋蔥、大蒜、鹹肉、香桂葉、幾粒胡椒，還有些新佐料。」

「外加幾個豆蔻，」司機補充說：「不過我反正不大相信您。知道爲什麼嗎？我用車拉著您走，您卻提出用辦葬禮來答謝我！」

「我說話是算數的，」推銷葬禮的人說：「請問，什麼人算死人？」

「死人嘛，就是在我們之前離開這世界的人。」司機笑著說。

「好極了！誰不想要個體面的葬禮呢？」

「我可是雙倍的不贊成！」

「那隨您便。不過每個人都希望在他死去十年之後，還有人談起他的葬禮如何如何，您也不會例外。人們會說：『今天的葬禮，像個什麼樣子！十年前的葬禮那才叫排場哩！』我細看您這模樣，倒是適合用埃及七號墓那一類型的棺材。您知道，價錢並不貴。能夠這樣，將死的人心裏也會舒坦一些。」

壕溝裏走出一隻野雞，很美麗，羽毛豐滿，寶石般的眼睛，對著聚光燈，很奇怪地踮著一隻腳，著迷似的盯著那不可抗拒的燈光。

司機將窗玻璃放下來，接著又關上了。可野雞已經飛起。色彩斑斕的羽毛被聚光燈照射著，有力的翅膀在玻璃窗邊搧動，它的兩條腿平行伸開，朝上飛往暗淡的天空。

「他媽的！」司機狠狠地罵了一聲。

「它得救了，」同路人鬆了一口氣說：「它從鐵皮式小棺材裏飛走了，遠離了它那自然的歸宿，帶著您獻給小兎的那種敬意飛走了。可是醃的野雞，加點香料，好吃得很啊！」說著還舉起了一個指頭。

司機滿臉的不高興，一聲不吭。

後面有兩盞車燈在強烈地照射著，還停停亮亮，表示要超車。

「超吧，超吧，」司機朝耀眼的光亮中揮手，將車讓到路邊說：「那是一輛福特車，運送牛奶的！」

銀色的牛奶罐車在旁邊一晃，迅速朝遠處開走了。

「它跑九十哩啊！」司機稱讚說，大聲笑著：「有一回，在國道拐彎的地方，一個農民牽著一頭牛從地裏走過來，也是一輛這樣的福特車，在拐彎的地方打滑了。牛奶箱倒下來，撞到農民身上，還碰倒了一棵樹，農民和奶牛就像被奶水浸著一樣！」

當他等著那想像中氾濫的牛奶消退時，他說：「我的葬禮怎麼個辦法？」

「靈堂掛滿黑紗，您棺材前面擺上嵌有寶石的十字架，點三十六支半斤重的蠟燭。您還想讓拖靈車的馬身上也插幾根長長的羽毛嗎？這種羽毛得另加五克朗。還有……」

「夠了。我相信您，當然是根據您說的話……您在幹這行以前，是做什麼的？」

「守教堂的。」

「是嗎？」司機舉起雙手，在方向盤上猛擊一下，「這對我來說，可算是杯濃咖啡！在教堂工作以前，您幹什麼？」

「職業牌迷。我像在上帝那兒一樣，長期得到上帝的祝福。直到有一回，我上教堂，問他們在幹什麼。當我看到副牧師在做彌撒時，我便對自己說：這個職業你可以幹。於是我就成了教堂看守。現在我還想去重操舊業哩！」

叢林裏跑出一隻小鹿，跳過濠溝，穿越公路。它轉身見到了車燈。司機加大油門，全速行駛。

同路人喊道：「穩一點，別讓我的額頭碰上玻璃！」

小鹿越跑越近，身體顯得越來越大，幾乎快挨近車燈了。司機緊握著方向盤，用擋泥板一推，將小鹿沿拋物線甩到了溝裏。隨後他全身向後窗挪動，車停了下來。從車燈下看到，過熱的發動機，冒出了藍色的煙霧。

一陣沉默。

司機跳下車，從後門的袋子裏取出一把獵刀，將電燈交給同路人，吩咐說：「照著！」他四周看了看，公路兩個方向沒有一個人影，只有片片黃葉飄飄落下。

鹿躺在溝裏，蹄子在落葉中亂蹬，踢著那黑色的泥土。當它發現有人，又被電燈一照，就想帶著受傷的身軀逃走。它翻滾了幾次，痛苦地咩咩叫著。但過了一會兒便不再動彈了。它睜大著雙眼，黑色的鼻孔流著鮮血。

司機又前後望了望，一個人也沒有。他思忖了片刻，一個箭步撲向那隻動物，將它壓在地上。但鹿還有一點力氣，居然把一個沉重的人托了起來，極力搖晃他。司機將鹿壓在落葉上，鹿幾次舔他的頭髮，彷彿在請求他的憐憫。司機抽手操起亮晃晃的獵刀，從鹿的肋骨一直刺向心臟……。這時，鹿癱了下來，一動不動直至完全垂下。它全身僵直，從眼眶淌下了淚水，如同一顆顆珍珠……。

司機蹲下，又站起身來，折斷一根松樹幹，剝了皮，將尖的一頭插進鹿嘴，另一端插進它腰部的傷口。

「現在要快！」他喊道。快步跑向汽車，拿出後座上的墊毯，鋪開，將鹿抱起來輕輕裹在毯子裏，像裹一個熟睡的孩子，又將墊毯打個結，提上汽車，放在後座位上。

當他坐到方向盤後面時，想了一下，又跑到溝裏，用皮鞋將地面上的搏鬥痕跡踩平，兩手將樹葉推到上面蓋著。

他發動車的時候說：「您可能難以相信，它那小蹄子踢我的時候，就像一把最鋒利的尖刀在刺穿我的衣服一樣。」

「可憐的小動物。」推銷葬禮的人說。

樹林上空，掛著一輪黃銅色的月亮。

司機無比興奮，用說話來掩飾自己：「人簡直難以置信，如今大夥兒爲什麼而折騰！我們城裏一夥年輕人深夜偷偷潛入教堂，打開主祭壇的燈，自己做起彌撒來！一個小子唱道：『上帝呀，讓我們跳爵士樂舞吧！』其他人合著唱：『主啊，讓我們跳吧！』那些人就是如此這般地做彌撒！他們撬開櫃子，穿起僧袍和禮服，還想用大管風琴奏爵士音樂。可他們按的不是管風琴的電鈕而是電子鐘。大鐘馬上響了起來……人們紛紛往那兒跑去，發現教堂的燈亮著……他們從鑰匙孔朝裏瞧，只見穿僧袍的年輕人在那兒跑來跑去蹦蹦跳跳……大家撬開教堂大門，可年輕人都從旁門溜之大吉了。第二天中午，教堂看守還在郊區河邊的柳樹下拾到了僧袍。」司機說著，笑了。他一隻手掌握方向盤，一隻手伸向墊毯包著的小鹿。「它完蛋了。」他滿意地說，又補充道：「當我把小鹿放到那上面一刻鐘以後，皮座墊和彈簧由於鹿的掙扎，還在動彈哩……。您拿那些年輕人有什麼辦法？他們想要的東西得不到，就自己動手了……。上帝呀，讓他們跳跳爵士樂舞吧，不可以嗎？」

他們的車開出森林。月光照耀著起伏不平的原野。汽車接近一座大村莊。

第一盞路燈下，兩個年輕人靠著自行車，站在那裏抽菸說笑。有一個在木桶上掐掉香煙，另一個的手在帽沿旁晃了一下，擦火柴。農民的住宅傳來鐵鏈的叮噹聲和奶牛的哞叫聲。

「我快到家了。」司機說：「您要樂意，可在小旅舍過夜，那兒准有房間。」他將車停在一座兩層樓的建築旁邊。樓上窗口亮著，裏面傳出老留聲機的聲音。

他們下了車。司機小心翼翼地鎖上車門。

「我身上有血跡嗎？」他問。

「讓我瞧瞧。」推薦葬禮的人說。在小街的路燈下，他仔細查看了那副尊容。「這裏有點兒。」

說著，掏出手帕，醮了點口水，擦掉了那還沒全乾的血跡。司機低聲說：「我這偷獵行爲也許是上天賜的，……主啊，用海索草❷水灑在我身上吧，讓我比雪更潔白……。」

「願您的靈魂得救。」同路人回答。

二層樓上的窗戶打開了。一位穿黑衣、帶白圍裙的婦女俯身望著汽車，看到了司機。她張開雙手，以愉快的聲音朝屋子裏喊道：「牧師先生已經來了，洗禮可以開始啦！」

❷南歐一種藥草。

碧樹酒家

自從十三路電車改道，不再經過碧樹酒家前的拐彎角處，從窗口一直到灌啤酒的龍頭這一片被拆除以來，許多顧客都不到這兒來了。但這對於酒店老闆赫魯麥茨基先生並無妨礙。他最開心的事，就是大清早醒來，先灌一杯啤酒。今天清晨，他給自己灌了一杯又一杯。然後站在玻璃門邊，閱讀一份訃告。它上面寫道：茲敬告諸位至親好友，我，尤麗亞・卡達娃，專業教師，於六十七歲時逝世，訂於一九六一年九月十六日十五時在加伯利采公墓舉行葬禮（日期是用鉛筆塡寫的），簽名者爲死者本人：尤麗亞・卡達娃，專業教師。

赫魯麥茨基先生看畢訃告，搖搖頭，回到灌啤酒的龍頭旁，兩手往上一擱，又灌滿一杯，一飲而盡，馬上將杯子放到盆裏清洗。

天色漸漸暗下來。老闆還沒有開燈。

兩位顧客靠牆根坐著，挨近通往地下室的門。這是以防再次發生十三路電車闖進酒店的事。

他們有說有笑。

「進帕索夫酒店要上幾級臺階？」一位顧客問道。

「七級。」另一位顧客說：「到卡倫德酒店要上幾級臺階？」

「卡倫德……是指哪一家卡倫德？我們科學院附近有家卡倫德，河邊上也有一家。」

「我的上帝，科學院那兒的卡倫德早沒了，惟一剩下客運碼頭對面那家卡倫德，不對嗎？」

「對。等一等，有一、二、三、四、五……」，這時一位顧客從臺階走進酒店：「總共有七級，下去也一樣。但是，上泉水酒家有幾級臺階？」

「一級就到了。……去紅心酒家呢……」顧客們依舊談笑風生。老闆又走到門口。從十字街開來一輛十四路電車，燈光像酒店一樣亮，筆直朝碧樹酒家開過來，把酒店照得通明。可是電車在最後一刻來了個九十度大拐彎，然後嘎嘎地開走了，沒有闖上酒家。三節車廂，就像燃著燈的魚缸一樣映照著酒家……。

赫魯麥茨基先生的姐夫走在附近人行道上。老闆打開門，高興地問：

「老兄，你在這兒幹什麼？你是咬斷了鏈子，從你們巴奇科夫街溜到城裏來的吧？」

「可你這大胖子，不去我們那兒看看？瑪什卡已經不知你長成什麼樣？」他姐夫說著，坐了下來。

「我沒有去，」老闆一邊灌啤酒一邊說道，「可我會去的。我要買輛機動自行車。」

「就你？」姐夫站起身來，拍拍老闆的肚皮，「這麼厚的大肚皮還騎車？」

「對！」老闆說，一口氣灌下一杯啤酒，格外有味。他馬上用水沖洗了一下杯子，「你知道，我是該練練身體了，我虛得像影子一樣。」

「我知道，按馬戲團的要求，你是虛弱了點兒。」姐夫說：「可是，喂，弗朗吉謝克❶，還是不要買吧，我碰到過好幾次事故了。我乘十三路車，在肖勒爾街，看到一個像你一樣的瘋子，身旁擺著他的小摩托車，被壓得個稀巴爛，地上還攤著電線，臉上蓋著一張晨報。警察用石灰在他周圍劃了個圈。別買它，別買，聽兄弟一句，不要買吧！」

「可是，帶拖斗的摩托車比自行車總大一點吧……」

「正是這種狗屁一樣的東西才壞事哩！在弗拉霍夫卡街，三路車向上拐彎的地方，一個胖女人就是騎的這種摩托車，被夾在十三路和三路車中間。人們拔出了好多東西，包括採購提兜。但我沒有到現場久看，不論給我這世界上的什麼稀罕物，我也不會去看那個熱鬧。只要有一點點刺耳的叫聲，我就受不了。我站在岔道附近，抽著菸等檢驗人員到來。我瞧瞧那翻車的地方，電車軌道槽裏還淌著牛奶、鮮紅的血。」

❶赫魯參茨基的名。

「那我還是買輛小汽車，不行嗎？」老闆有點生氣了。走開去敲敲門上的玻璃，看到十字街口開過來的十路車，差點兒蹭著牆上的綠漆，但它好像猶豫了一下，轉個彎開過去了。綠色的車燈，照亮了整個糊有壁紙的牆……緊跟著，開來了十二路車。十路車的女乘務員站在最後一節車廂的踏板上，用手指在空中劃了個問號。十二路車司機無精打采地舉起一隻手，用三個指頭回答：示意回廠之前，還得跑三趟。女乘務員憂鬱地點點頭，似乎在對十二路車司機表示同情。隨後她笑了，伸出一個指頭，滿意地閉上眼睛，用手指劃了個破折號，一長道，意思是：還跑一趟就可打道回家囉，想到這一點，她感到很愜意。

姐夫開口說話了：

「有些事故，我可以說到半夜。汽車儘管有四個輪子，也不是好東西。在傑諾克日什街，一輛米諾爾牌小轎車開到了五路車和十二路車之間被壓得像張報紙。車上是兩個女人！女司機駕車想露一手，結果嗚呼哀哉上了西天。一個進這口棺材，一個進那口棺材，兩人倒挨得很近。要汽車幹啥！」

「這麼說，我只好開步走囉！」

「步行很好，但腦子要清醒！」他姐夫搖搖頭說：「弗朗吉謝克，簡直讓人不可思議，有人竟往電車底下鑽，而且是在平坦的地方！有這樣一個人，他站在柵欄邊上東張西望，看到一輛電車開過來，彷彿自言自語說：『就是這輛車。』接著就往車底下鑽。在斯洛文茨基街菩堤酒家附近，檢查員本人跟在一個從地上撿車票的人後面，竟然鑽到九路電車底下去了。如果當場被壓死了倒也乾脆俐落，要是沒有壓死豈不糟糕！車子倒來倒去，那個人會被碾得一塌糊塗。有的人會求饒可憐可憐：『別壓我吧……』有什麼用？如今在布拉格步行也得冒風險呀！」

「那些從地上撿車票的是些什麼人？」老闆問。又喝了一杯啤酒，從門口往街上看。還拍了拍尤麗亞・卡達娃那張宣佈自己死亡，而同時又邀請人們出席葬禮的訃告。

「那撿票的是些布拉格人，大都是領養老金的。」那姐夫說：「他們在換車的站臺撿別人扔下的票，拿著瞧瞧，又用它再去乘車。這眞是項可怕的運動。有家醫院的主治大夫也喜歡這麼幹。」

「啊，」老闆說，「先生們，不打擾你們嗎？」他問兩位正在大喊大叫、爭吵不休的顧客。

他們爭論的問題是：上瓦爾達酒家要登幾級臺階。

「你們起來，走去那兒看看不就行了嗎？」老闆說。

「這主意不賴。」一位顧客說著拿起帽子。兩人將手揷進口袋，出門往十字街方向走去。

「四級臺階。」那姐夫說。

「你知道，我想要買輛摩托車，不過是爲了郊遊，」老闆說：「有時我感到呼吸不順暢。」

「我知道，這我瞭解。你擔心不止，和你姐姐瑪什卡的個性一樣。你收拾一下東西，去吧！對有的人一車鑽進了赫墨爾的灌木林，我一點兒也不感到奇怪。布洛夫卡鎮的公務員還說：『從前過聖誕節，大家捎鯉魚回去，過復活節便捎小羊羔回去，而這個聖誕節，我們的木板上卻躺著十七位摩托車手，手腳受點傷的還不算！』老弟，在布洛夫卡鎮，有個摩托車運動俱樂部，人們管它叫技術指導站。啊，是的，我從前騎車的時候，總在白山一帶的燕麥地裏打轉……。」

「等一等，你只是曾經開過車……我以爲，你現在還在開車哩！」

「我沒有開到目的地啊。」

「怎麼回事？」

「一個女人，害得我出了事故。」

「你和女人？要是我啊，可就……」

「女人。我駕駛六路車時，在斯特羅莫夫卡終點站，曾經將檢測機撥在1字上，注意看著。電車在樹幹中穿來穿去，自動轉彎，沒出什麼事……於是我搞了個違反規程的措施，讓電車放慢速度，我去車站附近喝杯咖啡。喝完回來時，我跳上自動開來的電車，拉了制動閘……。」

「那個女人！」

「她是位乘務員，打扮得有幾分姿色。上駕校學習時，一再請求：『科諾巴塞先生，把車借給我用用，我總會自己開的！』她的嘴唇抹得正合我意，我就答應了。我在車站附近喝咖啡，瞧著門外，直到我那女乘務員將塗滿口紅的嘴唇這麼翹著對我說：『科諾巴塞先生，我來了！』不過這沒有什麼。我走出去看了看，附近一片黝黑。我轉了一圈，又回到車站附近酒店，心裏直嘀咕。我自言自語：還是去問問調度吧。我去了，發現布拉格的早晨從來沒有這麼美。而我那位女乘務員坐在馬什切克酒店第二級臺階上，腦袋伏在膝蓋上，正在哭泣，眼淚像瀑布般往下淌。我問：『茲登卡，出了什麼事？』她一下跪在地上，雙手合掌求饒說：『科諾巴塞克先生，原諒我吧！』我一下子明白了，在第二級臺階也摔了一跤。於是說：『茲登卡，您車已開動，可是滑輪脫掉了，您沒有拉閘就開走了。上了滑輪之後，電車當然就開動了！』女乘務員說：『電車像跳起來一樣，一下子就開跑了。』我問她：『您的控制器放在幾度？』她說：『六度！』這下子我也了悟了，把頭俯在膝蓋上……」

「這些女人哪！」老闆說。

「是啊，後來我慢騰騰地朝前走，預感到十字路口會有一大堆人。可是一個人影也沒有。只有一個搬道夫從棚裏探頭探腦地問：『科諾巴塞克先生，六路車哪兒去了？』他罵罵咧咧地盯著我說：『你幹的好事！檢查員就在我身旁。我們兩人當時都看見了：違章操作，電車上沒有人，車卻向前開起來了！檢查員說，『我覺得我好像發瘋了！』他捏著拳頭，跳起來說：『我認爲，這決不是做夢。』他飛快跑回多瑪什利釆街。很幸運，那兒停著一輛出租車，他趕緊坐上去追六號車，到什克拉爾街附近才追上。可是檢查員直追到比爾橋才跳上了電車，將它刹住。值得慶幸的是，十一路電車因故推遲發車，十八路電車也沒有開過來，八路和二路車也沒開來。要不然，都會撞得稀巴爛。』」

「老兄，」老闆說：「小摩托車我不買了。那次事故以後，你感覺怎麼樣？」

「就像開刀被割掉了什麼一樣。」姐夫做了個怪臉說。

老闆灌了杯啤酒，衝著空蕩蕩的酒店說：

「小夥子們，你們知道嗎，有人要把我灌醉！」說著，又自飲一杯，到盆裏去洗刷杯子。搖搖頭說：「哪兒的話，我不會買那小摩托車的。不買，在家裏幹等著倒楣算了。不過我從來沒害怕過。」接著他用手摸著啤酒龍頭說：「當十三路電車撞到這兒，快碰到水龍頭的時候，我一隻手護著它。等到塵土紛紛下掉時，我問司機，有誰還在電車上掌握著制動器。我要對他說：『朋友，給你灌十度的，還是普通的啤酒？』可是現在我害怕了，我說過了，不買小摩托車。」

「你既然那麼喜歡小摩托車，誰不讓你買？騎著它，去野外郊遊，不是很開心嗎？還可以呼吸新鮮空氣呀！」姐夫說。

「現在我想起擺在檢查人員和保險公司櫥窗裏那些可怕的圖片了。唉，眞嚇人……那我以後就不可能一大早就來高高興興喝啤酒了……」

「可是弗朗吉謝克，喝一點兒啤酒對你沒有什麼害處，相反會有益處。這樣你就可以騎著車，沒完沒了地出去兜圈了。車禍嘛，總是會有的，但不保准是你呀。要是有興趣，就買吧。」

「你是這麼想的？」

「是，買吧，你有駕駛證，買摩托車吧。我們一道去利托米日採摘杏子，還有蘋果。」

「好，好，但要是鏈子斷了，或者後輪出毛病了，怎麼辦？到時候，想找個地方躺下，怕都來不及了。」

「夠了，弗朗吉謝克！假如你沒有交好運，連外出撒泡尿也是危險的。在家也會扭腳。那就算了吧。我們不當第一，也不甘落在最後。但你總得冒點風險，能把我們怎麼樣？人總是要靠點運氣的。」

「不錯，」老闆說：「我給自己買輛小摩托車吧。可你知道，此時此刻我最盼的是什麼？等我靜下來，再去痛痛快快地喝一通啤酒！」說著，又給自己灌了一杯。

「我把燈打開吧。」姐夫說著站了起來。

「不用……人們會橫過街道來喝啤酒的。」老闆喝著啤酒，嘟囔著說。

他舔舔嘴唇，用水刷洗杯子。

進來兩位顧客，他們坐下來，一聲也不吭。

「你們去看了，怎麼樣？」老闆問。

「往上是四級臺階。」一位顧客說。

「我走啦，」姐夫說：「老伴要我去買唱片。是她在電影院看到的莫林．魯吉的唱片。我自己也想買《生長洋薑的草地》，是穆里勞的作品。這娘們兒實在不好對付。從前，一聽到管樂，就像掉了魂似的。不過，我也是這樣。後來，她又喜歡起爵士樂來。我們結婚的時候，我為斯巴達足球隊加油，瑪什卡也一樣。可過了半年，她又變了。有一次比賽，斯巴達勝了，斯拉維亞隊一敗塗地，她在家一句話也不說，還不讓有一點兒聲音。弗朗吉謝克，去買輛一百五十的摩托車吧，如果不用，隨時可以賣掉，再買輛功率更大的。速度太快的車會打滑的，就像我碰到的在三路和十四路電車之間被擠壓的那個胖女人一樣。如果她不是騎摩托車，而是開二百五十號的車，那就更糟糕了。」

「您是這麼想的嗎？」

「去蒂羅卡酒店要上幾級臺階？」顧客問。

「一級也不用，從街上筆直走進去。」姐夫高興地說，往街頭走去。

一輛電車從十字街頭開過來。赫魯麥茨基先生又摸著啤酒龍頭，望見了十三路車的燈光……。

十字街那邊的車，也在朝下行駛，讓人覺得，好像所有電車都要衝進酒店裏來似的……老闆離開了啤酒龍頭，向通往地下倉庫的門前跑去，一隻腳踏在門坎上，一旦十三路電車像上次那樣……他好立即逃走……。不過電車拐彎了，車燈照亮了整個酒店。

赫魯麥茨基先生隨後又給自己灌了一杯啤酒，喝完以後說：

「這兒的啤酒好，我以後還要到這裏來的。」

他走了。燈也亮了。

芸芸衆生

猶太教堂院裏，有幾株洋槐，夏天開花的時候，像飄雪花一樣。今天清晨，這雪就飄個不停。籬笆旁邊有位婦女用斧子砍開裝南國水果的木箱。然後將一塊塊木板平放在兒童車上。教堂後面爲一個擺放過期的舞臺裝置道具的廢墟堆。那裏的東西是連無業人員也不願意撿的：上面塗了些下流圖畫的維納斯石膏像啦，通不到任何地方的臺階啦，破碎了的鏡子啦，沙發彈簧啦，還有海草之類的東西。由於風霜雨雪的侵蝕，那些玩意兒又重新滲入地下，變成了腐殖質。還有生銹的釘子和玻璃碎渣。雜物堆上的有些東西，人們可以憑想像將它當做某種物品。劇場工作人員到這兒來小便時，他們先是猜測，接著就爭論，最後舉出證據，說這是熱帶森林的樹枝，那是溫莎城❶《快樂夫人》的床板。頑童們用彈弓幾乎打破了所有玻璃窗，洋槐的枝椏就伸進教堂裏來了。而有些廢棄的道具又從破碎的窗口伸到了院子裏。

不過，這兒最美的還是聖誕節之前。每一年都像今天一樣，在這兒賣聖誕樹，滿地擺著雲杉和針葉松。買的人舉起樹枝，用勁往地上一放，讓枝椏張開，看看這雲杉是不是漂亮，枝椏是不是太稀。今天從早上起便大雪紛飛，整個院子散發出針葉松的味道。

舞臺佈置師傅在到達猶太教堂之前，以教訓的口氣說：「米爾頓，人最棒的一個特徵就是記憶。我記憶力差，就靠圖片、記事本和米達尺來幫忙。」

「是這樣，」米爾頓承認：「但是我擔心，大自然本身不讓我使用這樣的米達尺。我是個富於幻想的人，有點神經質。」

「得了吧！」

「真的。每當我回家的時候，直到看到我們街上沒有消防隊，我才鬆口氣，心想：家裏沒有失火。走進屋子時，如果臺階上沒有淌水，我就想：這很好，說明我沒有忘記關水龍頭。只有當我看到收音機沒有燒壞，聞不到煤氣味時，我才完全放心。」

「我的記憶力可是好極了。如果出了故障，我就將它全寫下來。不然，要記事本幹什麼用？」

「您說得對，只是我還沒找到這記事本。」

「米爾頓，你說什麼都成，但就是不要這麼說。我知道，你的記憶力像我一樣好。你是故

❶位於英國。

意這麼說的。還是把鑰匙給我吧。」

「什麼鑰匙？」

「昨天我給你的，那個小教堂的鑰匙。」

「可我沒有。」

「米爾頓，把鑰匙拿出來吧！」

「可我昨天已經給你了。」

「眞的嗎？那可能在劇院裏。」

「在你櫃子裏。」

「好，你在這兒等著，哪兒也別去，免得我一會兒還得找你。」

「可是，師傅，鑰匙會不會在你衣兜裏？」

「在這兒！」師傅樂了。將手伸到口袋裏，馬上走上臺階，打開那扇高鐵門。上面全是鐵銹和地衣，形成一幅烏雲滾滾的圖案。

打開鐵門的時候，教堂天花板的泥灰紛紛落到地上。師傅們進去時被弄得滿嘴塵土。他們從轉樓登上涼臺，那兒堆滿了已經不再上演滑稽劇的道具。厚厚的塵土使那些東西顯得神秘而莊重。

「今天我們要淸點一下這些東西，你可得注意看著，我往哪兒登記。米爾頓！」師傅說。

「爲什麼?」米爾頓有些不安。

「爲什麼，假如我一下子死了，或者生病了，你心裏要有個譜。你知道，每件傢具都有一張小照片。這不是很漂亮嗎?」

「要是您喜歡的話……」米爾頓說著去搬縫紉機。

「那是《被盜的布拉格》劇中的道具。可是，米爾頓，誰給你想出了這麼好聽的名字?」

「媽媽。」米爾頓回答，用下巴示意腰部，「當媽媽懷著我的時候，看到一本書，名叫《失樂園》❷，她自言自語說:『要是生個男孩，就取名米爾頓……那部縫紉機是二十二號。」

「對，米爾頓，你看得見這些吧?假如我有不測，你就用紅鉛筆在單子上把這勾掉。你讀過那本書嗎?」

「沒有。」

「可惜。說不定你媽媽也有個失樂園。」

「可能有過吧。同我……可是師傅，我是不讀書的。」

「遺憾!可是米爾頓，你到劇院來工作以前是幹什麼的?」

❷英國詩人彌爾頓的長詩。米爾頓這名字與詩人的名字同音。

「分撿草藥的。」

「你放棄了那個職業?」

「我常把味道搞混，因爲聞的味道太多。」

「所以你就不幹了?」

「是的。另外，還因爲我總是落後一個季節，菩提樹開花了，採集的人給我送來白蘞菜和稠李。毛蕊花開了，他們才給我送來菩提花，總是晚一個季節，……但您知道，他們把登記號貼到哪兒了?腳上。」

「這不可能。」師傅說。

「那您看看吧!」

「這眞丟人!一顆無名之星!」師傅生氣了。他將小桌子的圖片拿給米爾頓看，用紅鉛筆在紙上劃掉說:「這兒冷得很，是嗎?」他朝破窗口走去，將手伸到窗外飄飛的雪花中暖和一下。

「您記憶力不錯。」米爾頓驚奇地說。

「這是練出來的。你要是像我一樣，長期在劇院工作，看到一些雜七雜八的玩意兒，馬上也會知道，什麼時候，什麼地方，演過什麼戲。米爾頓，我不是吹捧你，你對這些道具會有感覺的。只要願意就行……你不朝前闖一闖?」

「我已經是這個樣子了。在所有的事情上都落後整整一個季度。小夥子們已開始理時髦的髮型，我還蓄分頭、擦油。他們穿緊身褲了，大衣裹得像酒瓶，我卻穿大褲腿、墊肩上衣。他們騎摩托車兜風，我還是步行外出，像傻瓜一樣摘矢車菊。人家早結婚成家了，可我在不久前才談戀愛結婚。」

「你結婚了？」

「是的。那張鐵椅是二二〇號。」

「是《薩爾托裏約之家》中的道具。現在不管它，到這兒暖一暖手吧！室外眞的要暖和一點兒……你妻子賢惠嗎？」

「那是位浪漫天使。她父母很有錢，可現在她家的別墅改成了教堂。我和特魯塔去那兒看過。在一個星期天，人們正沿著臺階往上走，在他們從前的別墅裏歌唱：《你走近救世主吧！》……還演奏管風琴。特魯塔倚在鐵絲欄柵上微笑著，小聲對我說：『從前我們是五個人住在這兒，現在這麼多人……這很好，很好……。』」

「眞的嗎？」

「當眞。我們還到耶塞尼克瞧了瞧。我妻子的父母在那兒曾蓋有別墅……我們站在籬笆外面。三十個小孩從裏面跑出來。女教師坐在草地上給孩子們讀童話……特魯塔對我說：『眞可愛！過去我們只有五個人，如今是三十個小孩……米爾頓，現在我比從前富有多了……有教堂，裏面有人唱歌，有幼兒園，老師給學生朗誦童話……米爾頓，我感覺很好。』這是特魯塔在耶塞尼克對我說的。咱們接著幹活吧？」

「等一等……當然，我看得出來，你對道具感興趣，我很高興。但現在我要給你說說我的小房子的事：二十五年前，我曾暗自說過要在一塊空地上蓋所急用的小房子。爲此，我到建房局去報告。那裏的一位負責人說：『那怎麼成！不能建房，因爲有條公路要經過您那塊地。』我說：『要是我把房子蓋起來了，拿我怎麼辦？』負責人說：『那就把您關起來！』我又問：『關多久？』他回答：『半年！』我琢磨了一下，拿起帽子說：『我接受。』說完我就走了。那負責人跑出來追我，站在臺階上對我說：『我們將把您的房子拆掉！』」舞臺師傅對著猶太教堂的小窗口大聲嚷道，下面買聖誕樹的人抬頭張望，可是看不清，厚厚的積雪將窗子堵住了。

「你夫人是幹什麼的？」師傅問。他回想過去，就像欣賞現在一樣。

「她是櫥窗設計師。可是在所有事情上，她總是超前一個季度。人們還穿著冬天服裝的時候，特魯塔已經用綠油油的樹枝和金色太陽圖案佈置櫥窗了，裏面的模特兒也穿上了春裝……當大家還在春雪裏蹣跚而行的時候，我那位可愛的夫人已在櫥窗裏擺上了男女游泳衣，還佈置了一條『夏天何處去』的條幅……我們和特魯塔在伏爾塔瓦河游泳的時候，她已經在櫥窗裏擺上葡萄葉子和樹枝、落葉，給女孩蠟像穿上長絨毛衣和花呢外套了……」

「米爾頓啊，你這是從什麼書上讀到的吧？……」

「我說的是事實！您想知道嗎？明天您去看看她吧。她准在櫥窗裏擺著絨衣、皮襖、羊絨衣，佈置成一幅冬天的景象的！而且，同時還會有尼龍內衣和舞會❸服裝哩……因爲特魯塔已經在過一、二月了。她還對我說過，小時候，姑娘們玩洋娃娃，可她已經在想第一個如意郎君了。她一有丈夫，馬上就想到生孩子，總是超前行動。這就是我的寶貝妻子。怎麼樣？……」

「啊，是這樣。米爾頓，我們還是來清理道具吧。但要讓您知道，我是何許人物，就讓我把話講完。我蓋房子的時候，正在做木栓和門窗。那建房局的人跑來對我說：『我是來通知您的，我們要拆這房子！』我聽得清清楚楚，但還想設法挽救，就問：『您說什麼來著？』他又鄭重其事地再次宣佈，要拆掉我的房子。我就舉起斧頭，大吼一聲：『您再說一次！』那傢伙連忙用手攔住我，一個勁兒往後退，兩眼直盯著我的斧頭。我大喊一聲：『您想幹什麼！』他仍舊一個勁兒往後退，扶著門閂說：『我們不拆您的房子了。』接著打開門，溜之大吉。至今那座小房子還安然無恙！」舞臺佈景師傅大聲說罷，叉著兩腿站在樓座上，像個勝利者那樣神氣。

「您幹得不錯嘛。房子是您自己建起來的？」米爾頓說，推過來一個大藤筐。

❸捷克風俗，在春冬之交舉辦各種大型舞會。

旁邊。

「是的。假如有誰要弄走我的房子，我就把他踩扁，把他踩扁！」師傅威脅說。

「這我相信您……。可是這個筐，他媽的，太沉了。」米爾頓說著，用膝蓋把筐頂到箱子旁邊。

「這是《約翰・法爾斯塔夫先生》一劇中的道具。」

「一○六號。」

「我記下了……這兒是，啊，是圖片。現在我可要讓你高興高興。米爾頓，我們說定了：你管道具，所有這些撈什子就是你的了，由你來掌握它們的鑰匙。」師傅愉快地說，指了指滿是灰塵的寶貝玩意兒。

「我很高興。」米爾頓說：「但我要是一下子把它們都燒掉了呢？」

「我也每次都想這麼幹，」師傅說：「但你是不會燒的。因爲你很自覺。在劇院幹活，每個人都該管點閒事。如果夜裏不從床上跳起來查看一下，就算不上一個好的劇院工作者。你有沒有注意到，世界上最大的災難大都是好人幹出來的？」

「這我不知道。」

「那我就給你講講吧。但我們在清點道具，米爾頓，我們可能犯了一個可怕的錯誤，因爲我們總想弄得有條有理。你沒有看到我的鉛筆在哪兒？」師傅問。又將手伸到風雪中取暖。

「我們是從掘墓人那裏到這兒來休假的，對吧？」貝達爾先生說。他是草藥公司職員。清晨六點鐘，他到了馬里揚斯克。他將妻子給他買午飯的五克朗馬上用去買了芥茉來抹麵包，然後從一張桌子走到另一張桌子旁，直到有人買了他的小吃。貝達爾先生馬上用這點錢買了辣味酒。當他身上再沒有一個子兒的時候，便自我安慰說：「現在即使我爬到樹上，也用不著朝地下尋找什麼了……爲什麼？」他立刻自我回答：「因爲我們是從掘墓人那兒來度假的。」隨後他才去幹活，分撿歐洲野菊和車前子。心裏卻在盤算，今天能找到誰來想方設法借點錢。同他一起幹活的人，不再借錢給他。貝達爾先生在酒店賒欠太多了。他只好乘電車到有人認識他的地方去吃小吃。侍者給他上酒，和他就付錢的問題爭來扯去，最後答應讓他欠賬。「這是個怪物，也是個社會問題。」他的領導談起他的時候這麼說，這當然也是爲自己辯護。貝達爾先生則在角落裡拉著客人的袖子，指著他那正在喝酒的領導輕聲說：「他這又是賒的賬！」今天，貝達爾先生乘電車去拜訪他的朋友米爾頓。他們兩人常在一塊兒分撿草藥。

貝達爾先生下了車，走進劇院旁邊第一家飯店。

老闆從廚房端出一盤炸小香腸，停在門口，朝廚房大聲喊道：「這一份又得由我來墊錢了，無賴的饞鬼！」他用腿將門推開，走進大廳。

他將小香腸分送給安裝工人，說：「先生們，祝你們胃口好！」

昨天，安裝工人們第一次在修理的鍋爐下泡得一身水的時候就說過，鍋爐冒氣的時候，有人會祝他們胃口好，這將是個好兆頭。他們吩咐說：「那我們斟滿兩杯，給那位先生也倒上一杯。」

「當然，當然……」老闆一字一字地說。但當他走出大廳時，從關著的門縫裏，聽見安裝工人們在唱歌：「月兒溫柔地吻著伏爾塔瓦河……」他便大聲嚷道：「囚犯們，亂叫什麼？誰給你們付錢？還要用我的錢供外人喝酒，呸！」他吐了一口唾沫，用小拳頭往門上一擊，又從褲袋裏掏出錢包，發現了賬單，抖動了一下，罵罵咧咧地說：「已經欠了七十克朗，還在大呼小叫地要酒喝。誰給付錢，誰？」他瞪著兩眼指了指賬單，將門關上了。他摸摸臉上的皺紋，微笑著走進酒櫃檯，聽了一會兒歌聲說：「那些小子嗓門倒還不賴，對吧！」

郵遞員身穿羊皮衣坐在爐旁說：「簡直像一群牛在哞叫。我們還是走吧！」說著，指了指窗外綠色的郵車，「郵局將接受十五公斤以下的包裹。」

「這我們早知道了，」貝達爾先生邊說，邊和遠處的安裝工人打招呼。「用不著你們唱，還是由娘兒們來唱吧。」

「啊。」郵遞員閉著兩眼。

「要是把馬賣掉了，郵遞員幹什麼去？」

「這我們眞不知道。」

「我可一淸二楚。讓一位女士坐在趕車人的位子上，兩個郵遞員代替驢馬在前面拉車。」

「那可不倒了楣嗎？」郵遞員吐著口水說。

「您到底想幹什麼？」貝達爾先生好奇地問。

「想幹點體面的事唄。」郵遞員說。

「我聽說，被解雇的郵遞員，不是到火車站撿廢紙，就是去斯特羅莫夫街鬼混。」

「這我也聽說過，」老闆插話說：「但有人說郵遞員送匯款的時候，得隨身帶著手槍。不知是否當眞。」

「那是胡扯。」郵遞員斬釘截鐵地說。

「且慢，」老闆擺擺手，對郵遞員的話不以爲然地說：「我在郵政總局可聽說過，如果郵遞員帶著錢，遭到襲擊，最好的辦法是自殺。不讓搶劫的人抓活的。所以郵遞員一定得帶手槍，對嗎？」

「啊，」貝達爾先生回答說：「聽說甚至還在討論，在聖誕節期間要讓郵遞員跟公安警察一樣，將醉漢們像掛號信一樣安安穩穩送到家。」

「您胡扯什麼呀！這種事，首先知道的應該是我！」郵遞員指著自己說。

「您算老幾。我作爲酒店老闆，已經聽說了，是天堂酒家的經理講的。從明年起，只要我們這兒有醉鬼，就在他脖子上掛塊牌子，寫上公民證號碼和住址，郵遞員有責任把他送到家。」

「您這是在對誰說話？」郵遞員站起來。

「坐下，大叔，」貝達爾先生讓他安靜，「您必須送他，因爲您作過保證的。當然，這有點違反規定。」

「是的。」郵遞員平靜下來了。

老闆用枱布將他面前的碎渣抹到腳下，遺憾地說：「那些郵遞員可忙著呢。在努斯勒區修理店的皮鞋沒有人取走，郵政局長召集職工命令說：『這兒有整包的皮鞋，你們拿去跟郵件一起分送吧，不收現金。』」

「是嗎？我們不知道。我們是幹什麼的，還要去分送破皮鞋！」

「對呀！那你們想幹什麼？到酒吧去閑坐聊天嗎？」老闆感到不可理解。

「布拉格的郵遞員，過得還算不錯的。」貝達爾先生說：「可是在鄉下，除了送信，還要給沒有主人的狗餵吃的。這不是動物保護協會強逼他們做，而是居民們要求這麼幹的。因爲如果有人找不到郵遞員，只需瞧一瞧哪個巷道有一群狗，那兒就一定有郵遞員。」

「不對！別的都對，就這一點不對！布拉格怎麼樣？」酒店老闆反駁說：「先生們，如果這裏也實行那一套，我酒館周圍就會全是狗，那我怎麼辦？先生們，假如我是郵電部長，就會下一道命令，讓郵遞員至少在冬天要把馬帶到過道上來，誰知道這麼忠實的動物會發生什麼事呢？」老闆大聲說，將手一甩，把半公升啤酒打翻了。

「您是故意這麼幹的！」郵遞員火了，站起來，拍去腿上的酒。

「您爲什麼不脫掉外衣？」

「用不著，我只待一會兒。」郵遞員說。

「對，您在這兒不過兩個小時，」老闆說，望望窗外，顯得有幾分不高興大雪裏，一個吉普賽小孩在航天火箭部門的牆上亂塗亂畫。「我看到這種情況，就渾身發抖。這太可怕了。他是從哪兒冒出來的，每到一個地方就亂塗亂畫。還搬來椅子，爬上去站著畫。您以爲，天黑了，他們能讓我安靜嗎？才不會哩。他們趴在路燈下，繼續亂畫。」

「他們是孩子，」坐在角落裏的送煤工人說：「在什洛斯貝克城的退休者玩撲克牌，天黑了，他們將桌子搬到路燈下，接著玩。還有那些下棋的，將棋盤移到路燈下，把一盤棋下完。」送煤工人說著，站了起來。他背上披著皮坎肩，眼睛上滿是煤灰。他看著他的手掌說：「這三十年，我給人家背了多少筐煤啊，要是把我爬過的梯子一個個豎起來，我可以背著煤桶登上月球了。」他說著，立刻更正說：「不是登上月球，但我可以背著煤桶，踏著春天的彩虹走……我該結賬了。」

「我也要結賬。」郵遞員站起來。

告別的時候，送煤工人同老闆握手，非常熱情，一不小心，他的結婚戒指卡住老闆的戒指了。

不過老闆還是笑著彎彎腰。他跑進廚房，仔細查看自己的戒指，把手一擺，對著自己關上的門大聲嚷道：「太過分了，土匪！這我可不欣賞！」

老闆走進酒廳，用腳後跟輕輕關上門，但門又開了，瘦弱的佈景工人米爾頓走了進來。

「唉……。」佈景工人歎了口氣。

貝達爾先生摸摸他，拍拍他的衣袖，吃驚地說：「你這西服上衣眞漂亮，英國料子。現在已經不時興了！」他拍拍米爾頓的背，又撫摸一下他的肩膀，高興地說：「好人啊，要是挨上你一拳，就會像挨馬踢了一樣。你這個人眞不負責任，爲什麼不去搞拳擊運動呢？你准能把對手打翻在地。而我，絕不是你的對手。瞧你這腿多壯啊！只有布格爾才有這樣的腿。米爾頓，你爲啥不去踢足球？你可以超過現在的前衛！今天，你是我的客人了。老闆，請上兩杯酒，算在我的賬上！」貝達爾先生吩咐著，又對同他一起工作過的米爾頓說：「我同你們頭頭談到，誰是草藥公司最優秀的工作者，你猜猜，我是怎麼說的？」

「這我可說不上。」米爾頓小聲說。

「我告訴你吧……我說，你就是最出色的勞動者，你！」貝達爾先生說。好像外面有什麼事讓他感興趣。他靠近窗臺，認眞地看了看大雪，又坐下來問道：「那我這個人怎麼樣？」

「看起來很漂亮嘛。」米爾頓笑著說，盯著貝達爾先生的眼睛，發現了兩團任何時候他都無法抗拒的憂傷的火焰。

米爾頓伸手到口袋裏取出最後的十克朗，交到朋友手裏。那朋友很快接下，塞進自己兜裏。

「快過節了……。」貝達爾先生滿懷歉意地說。他先乾了一杯，接著，在米爾頓允許下，又將米爾頓的一杯也喝進肚裏。「我該走了。」說罷就站起身來。

「這都由我來付款。」米爾頓指了指說。

「要開發票嗎？」老闆問。

「開。」佈景工作者打著呵欠說。

貝達爾先生把手伸給老闆，握著他柔軟的手說：「您的酒店不賴，我要把它記住。每個酒店都有人能講出幾句只能從科學書本上才能得到的東西。平卡斯酒館，一個顧客對著啤酒哭著說：『徹底的破產意味著眞正的受教育。』金晃酒家一位法官說：『用垃圾編織不成鞭子，即使編成了，也抖不出響聲來。』戈爾切弗卡酒館一位拉手風琴的顧客說：『眞正的男子漢總帶幾分醉意，稍微有點兒傷風，尿裏總有怪味。』兩位老祖母酒家一位戴眼鏡的大學生說過：『現代藝術就像往裏面鑽進了一顆麥粒，麥粒裏又長出了黑穗菌的雞眼。』快樂酒肆的一個小個子乘務員說：『卑賤感是對人的歌頌。』金棕櫚酒館一個戴夾鼻眼鏡的年輕人說：『不論我講了什麼，我都立刻將它推翻掉。』蒂卡爾卡酒店一位女管理員說：『粗野的話是針對粗野行爲的一種精闢的禱告。』白羊酒館女招待說：『在人口這般密集的大都市，我卻如此孤獨。』天使酒家一位牛奶店的人說：『現代化的人們卻開始步行了。』申弗洛克酒館一位小姐說：『深刻的感受無異於一所大學圖書館。』這些聯珠妙語不錯吧？每個酒館都曾有過一些出色的話語，而且還都正在說著哩，對吧？」

「從我們酒館裏，您記住了什麼話？」老闆問。一直拉著貝達爾先生的手。

「你們酒館那位送煤工人講的：『假如將他爬過的階梯壘起來，他可以背著煤桶登上月球。』這句話我到死也不會忘記。好，我該走了。」

貝達爾先生告別時，流出了眼淚。

他走了之後，酒館老闆指著窗口說：「那是個很可愛的人，對吧？」

拉斯科爾尼科夫從樂隊走出來，正在演出。他將手放在胸前，自言自語說：「今天我要幹一件大事……。」他走到戈羅赫街一座院子裏。二樓上，伊凡諾夫娜的房間亮著燈。她是個高利貸者和中介商。

米爾頓這時坐在舞臺的後臺索涅奇卡床上。佈景工巴久切克緊挨著他坐著，心裏很難受。為了不去想它，他喃喃說：「有一回，聖誕節前，就像今天一樣，我們解剖了一個自殺的人。上校大夫洗手後說：『巴久切克，這個袋裏裝著士兵費加爾的心臟。你要注意，那是顆特殊的心臟，今天你將它直接送到依拉塞克教授那兒去。』這我很熟悉，就說：『一定辦到！』我拿起麵粉袋裝的心臟（它可真不小，有點像小孩的腦袋。）直奔查理廣場，問傳達室的人：『伊拉塞克教授來了嗎？』門房說：『教授還沒有來！』我於是進了對面的黑啤酒館。」

電工站在椅子上檢修聚光燈，怕它出故障。接著沿梯子下到舞臺後面，從暗處走到床邊，小聲說：「您夠心煩的吧！」

「還行。」佈景工人巴久切克說，又繼續往下講：

「在黑啤酒館，我認識了一個名叫尤爾達的人，金黃頭髮，額頭又大又扁。那人說，有一次，冷藏器中的壓氣機爆炸，他都快一命嗚呼了。人們給他舉行了最後的塗油儀式❹。他告訴我說：『老兄，可是我在醫院裏又醒過來了。身旁點著蠟燭，頭頂上有長著翅膀的人影，一會兒我就明白了，是修女們在為我祈禱。我問：『他媽的，我在什麼地方？』修女們去請主任大夫。主任大夫叫人去找伊拉塞克教授。兩人來了之後，站在我身旁。主任大夫說：『教授，這小子又活過來了。』可教授說：『他反正是垂死的人了，想吃什麼，就給他吃吧！』我也意識到自己在漸漸死去，就說：『想喝一瓶甜酒！』他們給我送了來。我一口氣喝光，就不省人事了。早上醒過來就說，我想再喝一瓶，第三天又喝了一瓶……我已經能看見光亮了。伊拉塞克教授再次到來，查看我的頭部說：『很好，他都吸收了，繼續給他甜酒。』喝了十三瓶以後，我站起來了。伊拉塞克教授眞是妙手，能起死回生啊！』尤爾達給我說了這些。我對他講：『尤

❹給臨終前的人舉行的一種宗教儀式。

爾達，堅持住，現在我來給你講點事兒。』我告訴他，我帶著士兵費加爾的心臟，到伊拉塞克教授那兒去。那個士兵是因爲不幸的愛情開槍自殺的。不過我不該講這些，因爲尤爾達總想看是不是可以從那顆心臟上面發現愛情的痕跡。可是我說：『尤爾達，我在執行公務，不能給你看。』尤爾達唧唧咕咕，要我至少讓他提著袋子，反正他也要和我一道去伊拉塞克教授那兒，感謝教授的妙手回春救了他一條命。爲此，我們又各飲甜酒三杯。」

舞臺上，拉斯科爾尼科夫離開了女高利貸者，自言自語說：「人們最擔心的就是那第一步，第一步……」舞臺的燈滅了。褐黃色的布幕緩緩升起。佈景人員躡手躡腳地登上舞臺，擺好桌子，放上油燈。黑天鵝絨裏面露出道具管理員綠色的後腦勺。他張開雙手，走過舞臺，悄悄地問：「斧頭在哪兒……同志們，我剛剛患過心肌梗塞……眞嚇人……。」說著，慢慢吞吞地朝後到紫羅蘭般的暗色中去了。

聚光燈照亮了舞臺，首席顧問馬麥拉多夫舉起酒瓶說：「先生們，我是公務員……。」佈景工作者巴久切克的雙手放在膝蓋上，接著說：「我們又喝了一杯甜酒之後才上路。尤爾達扯蛋說，等我們出了醫院，他要把他妻子介紹給我們認識，說，她是那麼喜歡我，每次我帶人去拜訪時，她立刻就換衣服，還說，孩子他爸，我去買豬排，做雞蛋甜麵包……。』可你知道嗎？尤爾達說：『醫院反正不會跑掉，我們先去斯特羅麥奇酒店站一會兒，等到沒有人的時候，讓我瞧瞧那袋裏的心臟。』這樣，我們就朝前走。尤爾達一直聽那心臟有沒有動靜，還像搖鬧鐘一樣搖晃它。我告訴他，這完全是白費勁，心臟早已冰冷了。但尤爾達還以爲，那心臟總是被那女孩愛過的。他相信，如果用刀子插進去，裏面一定會有什麼圖像……。」

舞臺上，總顧問馬麥拉多夫對拉斯爾尼科夫說：「……我女兒索涅奇卡帶著黃皮包走了，我呢，喝醉了酒躺在這裏……。」他抓住自己的心口。

「米爾頓，」巴久切克咳嗽著說：「你以爲，伊赫拉瓦隊今天會踢得怎麼樣？」

「他們是高水準的種子隊。」

「誰呀？」

「軍人唄！」

「你估計會怎麼樣？」

「得個一分。」

「我也這麼看。奧帕瓦就是不怎麼樣，對吧？」佈景工人說，全身都出汗了。

總顧問馬麥拉多夫大聲喊道：「可每個人都應該有個可去的地方啊！」

佈景工人巴久切克摸摸自己的身子說：「我們就這樣到了斯特羅麥奇酒店，要了兩杯甜酒。喝完之後，老闆問：「還要兩杯嗎？」我站起來說：「什麼還要兩杯？我們要趕忙去醫院。時間已經不早了。」等我們趕到醫院，門房說，教授要給一個人做兩個小時的手術。這樣一來，尤爾達又開始嘮叨了，說什麼等我們去他那兒，會看到他老婆如何裝扮聖誕樹，爲我們溫酒，又如何如何去做肉排、甜蛋麵包。他這樣描述了一番才算了事。」佈景工人巴久切克站起身來。

拉斯科爾尼科夫在暗淡的燈光下拖著醉醺醺的馬麥拉多夫，隨後燈光全暗下來。佈景工人將木箱、木桶之類搬到院子裏。

聚光燈像隻獨眼龍一樣照著院子，消防隊員在大門邊上打瞌睡……頭越來越向下垂，彷彿是被光線壓下去的。只要哪裡火光一閃，消防隊員便撲通一聲滾到舞臺上去。

「要叫醒他嗎？」

「別管他！至少可讓他出點洋相。」佈景工人將手一擺。「可是那邊那一位也不會有好下場的。」說著指了指道具管工。那個已經找到皮製的斧子，拿在手上站在角落裏。等時間一到好將它交給拉斯科爾尼科夫。「米爾頓，那個道具工都幹了些什麼，你知道嗎？第二幕，該由他把點燃的蠟燭交給索涅奇卡，可是，到了只差一分鐘的時候，他卻在口袋裏找不到火柴。」

「『請問，誰帶著火柴？』他問，可誰也沒帶。有火柴的人，又想等一等，看會出什麼事情……索涅奇卡伸出手來，道具工將一隻沒有點燃的蠟燭遞給了她。索涅奇卡用手遮著火光，因爲這是在演戲。本應靠火光照亮進來的人的面孔，好讓她能看見他。可是，壓根兒就沒有燭光啊！……道具工嚇呆了，踉踉蹌蹌跑了出去，喃喃地說著：『糟了……糟了……我的心啊……。』演員們因此樂得不可開交，我也十分開心，但伊赫拉瓦隊踢得怎麼樣？」

「怎麼樣，」米爾頓說：「很明顯，杜克拉隊領先……當然，這是比賽，很大程度上要看天氣。」

「是。」

「我認爲會好的，不過我得去那兒瞧瞧。還有時間嗎？」

「等一等。」佈景工人巴久切克說，從天鵝絨幕布的小洞孔看看舞臺，又說「你去吧，拉斯科爾尼科夫剛剛整了那些娘們兒，正在桶裏洗手，時間多得很哩。」

「那我去了。」米爾頓說著，離開後臺，摸著牆走到門口。

他按一下門閂，門半開了。

天空呈玫瑰色，空氣柔和。對面二樓上一間暗淡的房裏亮著電視，像一輪藍色的月亮。山丘後面，傳來火車站調度車輛的聲音……第三十六股道。

米爾頓關上門，返回去，坐在床上。

佈景工人巴久切克耐不住寂寞，小聲說：「當我們去尤爾達那裏，果眞有個女人在佈置聖誕樹。她一見到我們，就大叫起來：『你是我精神上的殺人犯，把錢弄到哪兒去了？』說著又衝著我嚷道：『您看，您是怎麼折騰他的，您是個二流的傢伙，我去叫警察！』……我擺脫尤爾達，提著那心臟，腳板抹油，溜了。趕到查理廣場時，門房向我打手勢說已經晚了，聽說教授先生又乘汽車到哪兒去了，已經不會回來……可是，米爾頓，外面怎麼樣？」

「火車響聲更密了。」

「下雨嗎？」

「有一點兒。」

「那好……。」佈景工人憂鬱地說。

舞臺那邊，長笛正奏著義大利歌劇中歡快的旋律。

「伊赫拉瓦市運動場有棚頂嗎？」

「不知道。」

「我出去看看天氣。」佈景工人說。

他摸著牆走，打開門，在藍中泛紅的夜裏，他望了望，朦朧的雪天有點兒發黃。街道那邊的猶太教堂卻像黎明前的楓樹林一樣黑暗。正門前的聖誕樹，一堆一堆。一隻無家可歸的母狗西瓦爾爬起身來，還有一隻羊和救生犬。母狗從小過道走到大門口，腳爪下的積雪沙沙地響。有人走進大門，伸手撫摸那母狗。它轉向門外走去，等待清晨第一批生意人，等著買東西的婦女丟給它一點殘羹剩飯。它從一個小攤走到另一個小攤，一直到達前面的十字街才躺下打盹，下午再跑過來，晚上好待在猶太教堂外面。它就這樣過了十年。有一回，它身上生了潰爛，街坊的人送它到維利大夫那兒治病。佈景工人巴久切克這時看到它在雪地上走得很起勁，也許是要去大門前躺下，做那種有人被判絞刑和朝聖者被掩埋的美夢吧！

佈景工人關上門回去了。

他說：「我大概要過個愉快的聖誕節，就像我從醫院帶著一顆心臟回來一樣。我說：『上校先生，教授不在，那顆心臟在這兒。』上校大夫看了看袋子，大聲嚷道：『你這個笨蛋，這顆心已經腐爛透了！』我於是把那顆心取出來，送到鍋爐旁，往火裏扔去。……但現在我知道了，伊赫拉瓦運動場沒有遮棚，在一團爛泥裏，奧帕瓦隊可要倒楣了……眞有場好戲看。我的希望是，花上二百三十克朗，中個彩，就萬事大吉了。」

索涅奇卡·瑪麥拉多娃，金黃的辮子，頭戴飾以人造櫻桃的草帽，向拉斯科爾尼克欠身鞠躬，彬彬有禮地問道：「勞駕，您去出席葬禮嗎？」

譯後記

這部短篇小說集《底層的珍珠》，是一部從內容到形式都十分奇特的作品。是在一九六三年，作者年近五旬的時候出版的處女作。他的小說一問世，就引起了強烈而複雜的迴響，在國外也受到了廣泛的注意，被譯成了二十多種文字。

赫拉巴爾這部短篇小說集的主人公大都是一些普通平凡的人。有鋼鐵廠工人、廢紙回收站職工、劇院佈景工作者、保險公司職員、教堂看門人、還有退休職工等。用作者的話來說，都是生活在社會底層的普通老百姓，屬於「不受人重視的第四等級」。小說充分表現了他們坎坷的生活遭遇、喜怒哀樂、心理素質、性格習慣、對現實的看法和未來的憧憬。作者從他們身上，發現了人的美，找到了「心底的珍珠」。作者長年同他們一起生活，熟悉他們的一切，深深地愛著他們，成爲他們的知心朋友。作者說，他同鋼鐵工人一起幹了四年活，使他本人也發生了重大變化，從一塊廢鋼鐵煉成了特種鋼，也就是普通的鋼、普通的人。他願長期和工人們生活在一起，不打領帶，不穿禮服，過著平凡樸實的生活。從小說中我們看到，作者筆下的衆多人物都有著普通人的一顆善良的心。埃曼尼克，儘管愛和一位年近花甲的老婦調情，可他在戰爭年代，曾冒著生命危險，以極大的勇氣和毅力，用小車將一位受迫害的猶太姑娘從德國納粹集中營拖到捷克，救了她一條命。鋼鐵廠的工人們，平日彼此之間打趣鬥嘴甚至嘲諷幾句，搞些小動作惡作劇，彷彿不甚尊重，但在工廠發生重大事故的緊急時刻都心急如焚、奮不顧身爬進注槽裏去尋找他們「可愛的小夥子」。他們平時的言談行動之中，時時表現出聰明睿智、幽默機警，不時流露出富於哲理的思想和作爲人的基本品德。但作者筆下的人物既有美的一面，又有醜的一面，美與醜，善與惡，希望與恐怖，溫柔與殘忍，往往交織在一起，有時達到極端的程度，處於尖銳矛盾之中，使人看了感到揪心。小說中有位平時表現溫和且樂於助人的司機，竟是個殘忍的偷獵者！他像冷血動物一樣，心安理得、不動聲色地殺害了一隻小鹿。作者描述時顯得似乎很平靜，但可以感覺到，他是噙著淚水寫出來的，這比譴責、批判更深刻，更牽動人心。

書中的這些普通人，正因爲作者非常熟悉他們，自己就是他們中的一員，才這樣深深地愛著他們，以他們之憂爲憂，以他們之樂爲樂，從而對他們表現出來的劣行衷心憂慮。在我們欣賞這些人物美好、善良、樸實、仁愛的品性時，有時不免會感到作品中流露出來的一絲憂愁，這更增加了作品的感染力。

在藝術手法上，作者的小說堪稱一奇。他自稱他不過是「事實的記錄者、對話的剪裁者」。他說他記錄了成千上萬人的對話。他小說的主要表現形式就是對話、獨白，也就是所謂敍家常、聊天，但他又不是傳統意義上的小說家、敍事者。他的作品，構思新穎、結構奇特。現在和過去、事實與幻想、眞理與荒誕交織在一起，使人感到似熟悉、又生疏；既明白、又晦澀；有的人物事件，仿佛就在眼前，但忽而又遊移不定，可望而不可及，讓人難以捉摸，產生一種神秘感。他筆下的有些人物，仿佛帶有幾分奇離怪誕。其實，這正是國內外評論家一致公認的赫拉巴爾的一個突出的獨特之點：他用他自己創造的巴比特爾 (Pabitel) ❶ 一詞概括出來的一種特殊類型的人物形象奉獻到了世人讀者面前，他們愛滔滔不絕地神侃，喜歡聯想和誇大。他們的言語與行動有時像瘋人、像小丑，但卻閃爍著智慧和美的光芒，這自然讓人聯想起捷克著名幽默大師、文學巨匠哈謝克和他的好兵帥克。

❶ Pabitel 一詞，是赫拉巴爾自己創造出來的，在任何一本捷克文字典中都無法找到。有人將它譯成「神侃家」(單數) 或「神侃族」(多數)，有人將它譯成「中魔的人」，或譯成「快活神」。見仁見智，各有千秋，但左思右想仍覺不盡人意，概括不了這類人物的全貌，故暫且將它按音譯成「巴比特爾」，也好給讀者留個自由想像的空間。

關於如何去理解這部採用了「蒙太奇」及「極端寫實主義」手法的小說集，作者本人有過這麼一段話：「《底層的珍珠》，這不是關於一顆家裏的珍珠掉到枯井底層的故事，也不是寫一個渾名叫做珍珠的人處在無援的底層的事情。《底層的珍珠》亦非在字面上或言外之意中包含什麼寓言與象徵的作品，更不用說在每篇短篇小說的結尾有什麼事先安排好的、畫龍點睛的要旨。確切地說，我在《底層的珍珠》中將珍珠挪到了書底之外；我更希望的是，讓讀者考慮人們時而進去、時而出來的這些短篇小說的反光鏡，彷彿我們與他們同路坐了一段電車，然而通過他們的談話片斷和幾個舉動便幾乎得知一切。」

譯者多次閱讀赫拉巴爾的小說，漸漸從生疏到逐步接近，從不理解到有所領悟，從無興趣到喜愛，但這還只是開始。我願與讀者一道，深入細緻地去發掘作者的這些人物心靈底層的珍珠！

萬世榮

二〇〇一年夏於北京

L O C U S

LOCUS

LOCUS

LOCUS